德米安

DEMIAN

[德]赫尔曼·黑塞 —— 著

李响林 —— 译

朝華出版社
BLOSSOM PRESS

图书在版编目（CIP）数据

德米安/（德）赫尔曼·黑塞著；李响林译.
北京：朝华出版社，2025.3. -- ISBN 978-7-5054
-5581-8

Ⅰ．I516.45
中国国家版本馆 CIP 数据核字第 2025ES7075 号

德米安

作　　者	[德]赫尔曼·黑塞
译　　者	李响林

选题策划	刘幸子
责任编辑	梁品逸
责任印制	陆竞赢　訾　坤

出版发行	朝华出版社		
社　　址	北京市西城区百万庄大街 24 号	邮政编码	100037
订购电话	（010）68995509		
联系版权	zhbq@cicg.org.cn		
网　　址	http://zhcb.cicg.org.cn		
印　　刷	三河市刚利印务有限公司		
经　　销	全国新华书店		
开　　本	880mm×1230mm　1/32	字　　数	114 千
印　　张	6		
版　　次	2025 年 3 月第 1 版　2025 年 3 月第 1 次印刷		
装　　别	平		
书　　号	ISBN 978-7-5054-5581-8		
定　　价	36.00 元		

版权所有　翻印必究·印装有误　负责调换

我所渴望的，无非是遵从自己的内心去生活，为何竟如此艰难呢？

——赫尔曼·黑塞

前　言

　　我的故事要从很早以前说起，如果允许的话，我得从我的童年时光，一直追溯至我生命的起源。

　　作家创作小说时，总要站在上帝的视角审视全局，仿佛他们对作品人物的方方面面都了然于心，然后站在幕后，将整个故事娓娓道来，不进行任何隐瞒与粉饰。但是我做不到这一点，虽然我可能要比其他任何小说家都更珍视自己的故事。因为我的故事的主角不是一个虚构的、臆想的、理想化的人物，而是一个真实的、独一无二的、活生生的人。可惜的是，现在我们对于"人"的理解远不如前人那样透彻。事实是，尽管人类是大自然独一无二的产物，依然无法逃过被杀戮的命运。倘若我们每个人都千篇一律，或者一颗子弹就能抹去所有人存在的痕迹，那么我的这个故事也就没有任何意义了。每个人不仅仅代表他自己，更是独一无二的存在。正因如此，每个人的故事都是伟大、永恒而神圣的。一个人，不管他活得是否精彩，只要他在这世界上走过一遭，就值得被瞩目。因为，每个人都有圣洁的灵魂，每个人都需受难，每个人都将得到救赎。

如今，很少有人明白"人"到底是什么。有的人有所感悟，所以他们能够从容赴死。我想，写完这本小说后，面对死亡，我也能泰然处之了。

相较于其他人，我并不认为自己有多明智，所以我用了很多年探寻人生的真谛。但我不再沉迷于占卜术和故纸堆，而是更喜欢倾听自己内心的声音。我的故事并非一个童话，也不像虚构的故事那样和谐、赏心悦目，它荒诞、混乱、癫狂又梦幻。或许生活本来就是这样，只不过我们一般都喜欢自欺欺人罢了。

每个人的一生都是探寻自我的一个过程，只有不断尝试，才可能找到答案。尽管少有人能够达成这一目标，但是大家都在以自己的方式，或迟钝，或敏捷地朝这个方向努力。打出生起，人们身上都会或多或少地带有一些印记，这些印记就像小鸟孵化出来时粘在身上的蛋液和蛋壳一样，只不过雏鸟会将其摆脱并长出羽毛，而人们可能终其一生都摆脱不了这些印记。有些人其实并未成为真正的"人"，他们与青蛙、蜥蜴、蚂蚁之辈无异。甚至，有些人上半身是人，但下半身是鱼。但无论如何，每个人都是大自然的产物。所有生命皆来自同一起源，均诞生自母亲，源自同样的深渊。每个生命都在不懈地奋斗，试图从深渊中挣脱，向着各自的目标奋力前行。或许人们彼此理解，但只有自己才能够更深一步地读懂自己。

目　录

第一章　两个世界　　　　　　　001

第二章　该　隐　　　　　　　　024

第三章　强　盗　　　　　　　　047

第四章　贝雅特丽齐　　　　　　069

第五章　鸟儿争出壳　　　　　　095

第六章　雅各布与天使的角力　　115

第七章　夏娃夫人　　　　　　　141

第八章　结束与新生　　　　　　170

译后记　　　　　　　　　　　　181

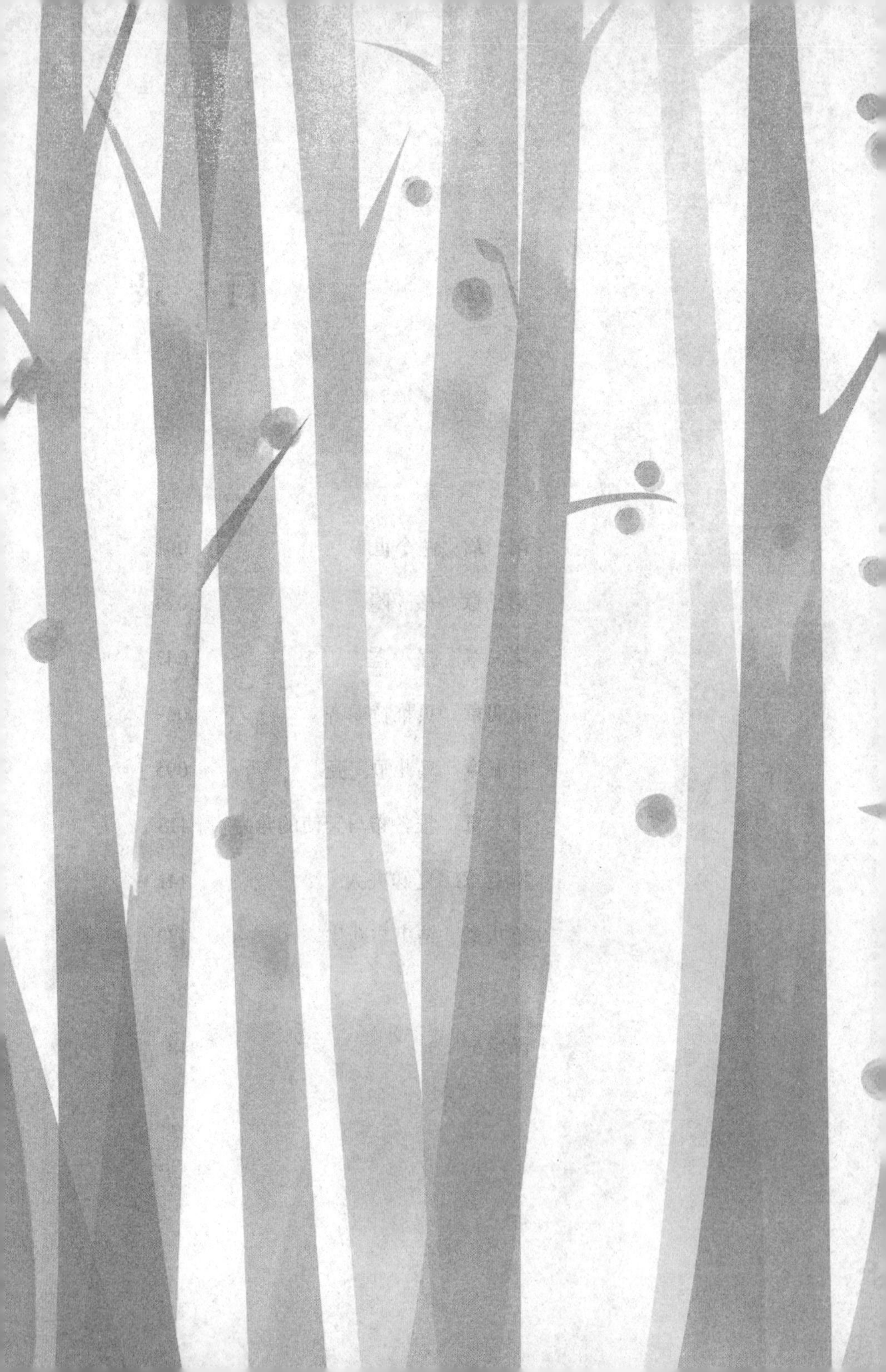

第一章
两个世界

　　故事就从我十岁时讲起吧，那时我还在家乡小镇的拉丁文学校念书。

　　历历往事扑面而来，令人五味杂陈。在我的记忆中，那段时日既有甜蜜也有哀愁。印象中的小镇有宽敞明亮的大街，有隐秘的小巷，有低矮的房屋，有高高的塔楼。钟声响起的时候，大街上行人来来往往。镇上的房子或温馨舒适，或阴森恐怖。房间中既弥漫着温馨，也有家畜和女佣身上难闻的味道；既有家用药品刺鼻的气味，也有干果散发的芳香。岁月流转，昼夜交替，将两个世界于此交融。

　　其中一个世界，便是我父母的家。更准确地说，是我父母的世界。对这个世界，我再熟悉不过了：父亲与母亲、慈爱与严厉、榜样与教养都是它的代名词。这里一尘不染，处处散发着柔和的光芒。在这里，说话要和声细语，双手要干干净净，衣服要整整齐齐，时刻要循规蹈矩；在这里，人们会在清晨诵读，会共贺圣诞佳节；在这里，有一条通往未来的笔直道路，这里有义务和罪责，愧疚和忏悔，饶恕和善举，爱慕和敬意，圣经和箴言。在这个世界，我们需要遵守规范，生活才能干净、美满，秩序井然。

但是在这个世界中，还重叠着另一个世界，那是一个截然不同的世界，弥漫着不同的气息。那个世界的人们操着不同的语言、许着不同的承诺、提着不同的要求。那里有勤劳的女佣和四处奔波的商人，到处流传着恐怖故事和流言蜚语。那里充斥着各种阴森可怖又神秘莫测的事物，如赌场和监狱、醉鬼和泼妇、产崽的母牛和折腿的马匹，还流传着偷窃、凶杀和自杀的故事。所有的这些，尽管可怕、野蛮而残酷，却极具诱惑力。在相隔不远的街巷或庭院中，警察驱赶着流浪汉，醉汉殴打着妻子，年轻的女工晚上成群潮涌出工厂，年迈的女巫使用巫术致病害人，宪兵们到处逮捕纵火犯，强盗们不时出没于森林中。或许这个世界的每个角落都充斥着混乱的气息，只有我父母居住的屋子不会受到袭扰。这样真是再好不过了，我可以享受一个和睦、有序、静谧，并且具有善良、宽容与博爱氛围的世界,而那个喧嚣、阴暗与暴力的世界也有其存在的意义。当惧怕时,我们只需跨一步,就可以回到母亲温暖的怀抱中。

奇妙的是,这两个世界竟如此密切地连接在一起,相生相伴!比如,每到傍晚,我们的女仆丽娜都会事先洗净双手并整理好围裙,然后在晚祷时分坐在客厅门口,用清亮的歌声赞美上帝。这时的她属于那个光明、正义的世界。当她在厨房或者马厩里给我讲无头侏儒的故事,或当她在肉铺和隔壁的女人吵架时,她便像变了个人,属于另一个世界,充满了神秘感。事实上,所有人都是这样,在两个不同的世界间来回切换,我自己亦是如此。我是我父母的孩子,属于那个光明而正义的世界。但是我耳之所闻,目之所及,都是另外一个世界的模样。尽管它让我感到陌生又可怖,会让我待在那里时心存忧虑、惶惶不安,但有时我的确更喜欢待在这禁世之中。虽然大家都说,光明世界的生活很美好,我也应当在阳光下成长,但我觉得这个光明的世界有些单调和荒凉。我明白,我的人生目标就是以父母为榜样,成为一个正直磊落的人,过着优越而和谐的生活。但在那之前,我还有很长的路要走,要规规矩矩地上学,通过大大小小的考试。而我所要走的这条路往往会经过那个幽暗的世界,甚至要从中横穿而过,很有可能一不小心,便会沉沦在此,无法抽身。我听说过不少少年在这里误入歧途的故事,故事的主人公重返真善美的世界、回到父母身边的情节,总会给人一种如释重负的快感。尽管我认为故事的结局就应该这样,然而,那些为非作歹和误入歧途的故事情节更能让人产生兴趣。平心而论,那些自我救赎或迷途知返式的老套结局是有些倒人胃口的,但很少有人这么想,更很少有人这么说。所以这念头几乎只能算是一闪而过的想象,很快便深深地埋藏于我的潜意识之中。就像我幻想中的魔鬼,要么乔装打扮,要么原形毕露地出现在大街上、集市里、酒馆内,但绝不会出现在我的家中。

我的姐妹们同样生活在光明的世界中。在我看来,她们比我更亲近父母,性情更温顺,更懂礼貌,更少犯错误。虽然她们也有缺点,也有逾矩的时候,但跟我比起来都算不上什么。她们与我不同,我的心中常常涌动着恶念,这令我饱受折磨,仿佛那个幽暗的世界离我近在咫尺。她们和父母一样,天生受人呵护和尊重。每次我和她们吵架,事后总是自责不已,期望得到她们的宽恕。冒犯了她们就等于是冒犯了父母,因为她们就是真与善的化身。所以有些秘密,我宁愿告诉街边的无赖,也不愿和她们分享。

在阳光普照、心境平和的日子里,与姐妹们共度欢乐时光,无疑是一种享受。在她们身边,我尽力展现出自己乖巧、得体的一面，就像天使一样纯洁。在孩童的认知里，天使便是最崇高的存在。我们幻想着自己能够成为天使，像糖果般甜美，周身洋溢着节日的欢乐氛围。然而，美好的时光总是难以长远。与姐妹们玩耍嬉戏时，我会变得过于冲动、莽撞，这往往会引发争执与不快。怒火中烧时，我便会举止粗鲁，言辞刻薄。但随后，我会深感悲伤，备受煎熬，之后陷入漫长的自责与懊悔之中，心灵在无尽的痛苦中挣扎，渴望得到宽恕。最终，会有一道希望的光芒穿透黑暗，给予我心灵上的慰藉，让我获得片刻安宁。

在拉丁文学校上学的时候，我与市长的儿子和林业官的儿子是同窗。有时，他们会找我一起玩耍，虽然他们行事放荡不羁，但仍属于那个光明、正义的世界。不过，我还是和那些邻家男孩关系更好些，他们就读于寒酸的公立学校，是大家所鄙夷的对象。我的故事也要从他们当中的一位讲起。

那时我刚满十岁，在一个闲暇的午后，我和两个邻家的男孩在街头闲逛。突然，一个体格健壮却略显粗鲁的男孩走了过来。他约莫有十三岁，名叫弗兰茨·克罗莫，是镇上一个裁缝的儿子，就读于一所公立学校。他的裁缝父亲是个酒鬼，早已声名狼藉。我对他早有耳闻，心中有些许畏惧，不大愿意与他接触。他似乎已经沾染了一些成人的风气，言谈举止都像是在模仿厂里的工人。他带着我们从桥边下到河畔，随后我们躲进了第一个桥洞下面。拱形的桥墩和平缓的水流间有一道狭窄的河岸，上面散落着成堆的垃圾，有碎石烂片，有废旧杂物，还有一捆生锈的铁丝，但偶尔也能在其中发现一些有用的东西。弗兰茨让我们和他一起在垃圾堆里翻找，把找到的东西拿给他看。他会将其中一些物品据为己有，而另一些会被他随手扔入河中。他特别叮嘱我们要留意是否有铅、铜或锡制的物品，这些他往往会直接收入囊中。那些破旧不堪的牛角梳也不例外。和他在一起时，我总是感到莫名的紧张与不安，倒不是我害怕自己的这些行为会受到父亲的斥责，而是源于我内心对弗兰茨深深的恐惧。然而，让我稍感欣慰的是，他对所有人一视同仁，并没有刻意刁难我。虽然这是我第一次与他相处，但我们似乎形成了某种默契：他下达指令，我遵从便是。

完事后，我们坐在河岸上，弗兰茨模仿大人的样子，朝河里吐了口痰。他能把痰从牙缝里啐出，指哪儿打哪儿，百发百中。接着，大家纷纷开始交谈，谈论起过去的一些英勇事迹和种种恶作剧，互相吹嘘了起来。我一言不发，心中有些忐忑，担心自己的沉默会招致弗兰茨的不满。我的两个朋友则是从一开始就将我置于一边，只顾着与弗兰茨拉近关系。此时，我的穿着和举止都与他们有些格格不入，就像是个异类。或许原本就应该如此，我是拉丁文学校的学生，父亲也有一定的社会地位，自然不讨弗兰茨的喜欢。同时，我也清晰地感觉到，另外两位朋友在必要时会毫不犹豫地与我划清界限，独善其身。

最终，在极度的惶恐中，我不得不开口了。我虚构了一个惊险刺激的强盗故事，还把自己编排成了故事的主角。我说，在一个漆黑的夜晚，我和一群小伙伴在磨坊旁的果园里，偷了一整袋苹果。这可不是普通的苹果，而是高档的莱茵特和金皮尔曼苹果，都是上好的品种。这个故事让我暂时从当前的尴尬境地中解脱出来，要知道，凭空捏造可是我的强项。为了不让自己再次陷入沉默或更加尴尬的境地，我使出了浑身解数。我继续讲述道，我们分工明确，一人负责放哨，另一人则爬上树摘苹果。结果袋子太沉，我们只好解开袋子扔掉了一半苹果。半小时后我们又折返回来，将剩下的那一半苹果也一并带走了。

故事讲完，我浑身潮热，还有些意犹未尽。我本以为他们会对我的勇气深表赞许，不料我的两位同伴却一言不发，只在一旁静静地观望着，弗兰茨·克罗莫则眯起双眼打量着我，那眼神似乎要将我看穿。随后，他用一种近乎恐吓的语气问我：

"千真万确？"

"是的，千真万确。"我虽然心里惶恐万分，但还是硬着头皮保证。

"你敢发誓吗?"

我害怕极了,但还是毫不犹豫地说敢。

"那你就以上帝和幸福之名发誓!"

"我以上帝和幸福之名发誓!"

"那好吧。"

我以为事情就这样告一段落了。我看到他起身往回走,心里十分高兴。当我们走到桥上时,我小心翼翼地说:"我现在该回家了"。

"别急嘛,"弗兰茨微笑着说,"我们恰好顺路。"

他慢悠悠地走在前头,我也不敢轻易地从他身旁溜走,因为他走的的确是去我家的那条路。直到我走到家门口,看见了那扇熟悉的大门和上面厚实的黄铜门环,还有斜射到窗户上的夕阳余晖,以及母亲房间里随风轻摆的窗帘,我长长地舒了口气。终于到家了!回归光明,重归平静,这是一件多么幸福的事情!

我匆忙打开门,迅速闪身进屋。然而,就在我即将关上门的一刹那,弗兰茨突然挤了进来。瓷砖贴成的走廊又冷又暗,只有朝向院子的窗户投下来微弱的光。他站在我跟前,抓住我的手臂轻声说:"你别急着走啊。"

我一脸惊恐地看着他。他用手紧紧地攥住我的手臂,让我无法挣脱。我猜测着他的意图，担心他会动手打我。我想，如果此时我大声呼救，楼上是否会有人下来救我。但最终，我还是放弃了这个念头。

"怎么了？"我试探着问，"你想干什么？"

"没什么，只是有些事情想单独问问你，不想让别人知道。"

"是吗？那你想问什么？你看，我现在得赶紧上楼去了。"

"你知道磨坊旁边的果园是谁家的吗？"弗兰茨低声问道。

"我不知道，应该是磨坊主的吧。"

弗兰茨用手臂将我紧紧圈住，将我拉到他跟前，这样一来，我们的脸几乎都要贴在一起了。他不怀好意地笑着，眼中流露出邪恶，脸上透露出残忍和暴戾的神情。

"听着，小鬼，我现在来告诉你那果园的主人是谁。我早就听说那里的苹果被人偷走了，而果园的主人也早已经放出话来，谁能帮他抓住那个贼，就赏谁两块马克。"

"天哪！"我喊道，"你不会出卖我的，对吧？"

但我深知，要让他信守承诺完全是徒劳的。他来自另一个世界，对他来说，背叛和欺骗并不是什么罪大恶极的事。在告密这个问题上，他与我们的态度简直是大相径庭。

"不出卖你？"克罗莫嗤笑了一声，"小鬼，你真把我当造假币的了，我能凭空变出两马克来吗？我只是个穷光蛋，不像你有个那么有钱的爸爸！既然有机会赚到这两马克，我为何不抓住？说不定人家还会多给我点儿钱呢。"

他突然放开了我。然而，我家的门廊也不再散发平静安宁的气息，那个光明的世界在我身边轰然倒塌。我担心，如果他告发我，我就成了罪犯，别人也会告诉我父亲，甚至警察也会找上门来。我脑袋一片混乱，恐惧万分，所有的丑恶与危险从四面八方向我袭来。我压根儿就没偷什么苹果，但这都已不再重要了，因为我都发过誓了！天哪，我该如何是好？！

想到这里，我的眼泪夺眶而出。我必须赎回自己的清白，于是，我绝望地将手伸进口袋摸索着。然而，口袋里既没有苹果，也没有折叠刀，里面空空如也。这时，我突然想起自己还有块手表，那是一块老旧的银表，是祖母留给我的遗物。虽然它已经不走了，但我还是装模作样地戴着它。于是此时，我毫不犹豫地将它从手腕上取下。

"克罗莫，"我恳求道，"你听我说，请不要告发我，这样不好。我现在手头真的没有什么值钱的东西，只有这块表了。它是银的，工艺也相当不错，不过有点儿小毛病，需要修理一下。"

他冷笑一声，一把夺过了那块表。我紧盯着他那只手，只觉得它粗鲁无比,仿佛随时都能够夺走我安宁与平静的生活。

"它是银的……"我嗫嚅道。

"我可不管你的手表是银的还是坏的,"他满脸不屑地说道,"要修你自己去修!"

"弗兰茨,等等!"我连忙用颤抖的声音喊住他,"你就拿着吧!它确实是银的,货真价实,除了它我真没别的东西了。"

他冷冷地瞥了我一眼,眼中满是轻蔑。

"你也知道我要去找谁,或者我也可以直接去趟警察局,我跟那儿的警官很熟。"

见他转身要走,我立马扯住他的衣袖。如果他这么一走了之,我就得承担一切后果,这对我来说,简直是生不如死。

"弗兰茨,请你不要做傻事!"我几乎祈求道,声音因为紧张而变得有些沙哑,"你刚刚是开玩笑的,对吧?"

"是的,你可以把它当作一个玩笑。只是这代价可能有些太大了。"

"弗兰茨,你说吧,我究竟应该怎么做?无论什么事,我都会照办。"

他眯起眼睛,打量了我一番,随后又笑出声来。

"别再装傻了!"他语气中带着不满,"我们都心知肚明,这里面有两马克的赚头。你也知道，我现在手头有点儿紧，肯定不会放着这笔钱不赚。可你就不一样了，一看就是有钱人，还有块银表。如果你能给我两马克，这事就算过去了。"

我明白他的要求，但那两马克对我来说可是笔巨款，它就像十马克、一百马克，甚至一千马克那样遥不可及。我真的没钱，唯一能指望的就是放在母亲那里的一个小存钱罐，每次亲戚来访，他们会放进去十芬尼或五芬尼。除此之外，我几乎没有其他积蓄，我这个年纪的孩子，哪有什么零花钱呢？

"我没钱，"我沮丧地说，"我确实身无分文，但我愿意用我的其他物品来交换。我有一本西部牛仔的冒险故事书，还有士兵小人玩具和一个罗盘，我这就去拿给你。"

克罗莫不屑地笑着，撇了撇嘴，然后朝地上吐了口痰，说道："罗盘？你是在耍我吧？那些破烂玩意儿你还是自己留着吧。我只要钱，听清楚了吗？"

"但我真的没有钱，也没人给我零花钱，我也无能为力啊！"

"明天你就得把那两马克带给我，我会在学校后面的集市等你。拿不来钱，那我们就走着瞧。"

"好吧，但我哪有两马克呢？天啊，我确实是身无分文。"

"这你就得自己想办法了。你家不是挺有钱的吗？记住，明天放学后,如果你不带钱来……"他恶狠狠地瞪了我一眼,然后往地上吐了一口唾沫,随后就像幽灵一般消失了。

此刻,我连上楼的力气都没有,感觉自己的生活已经完蛋了。我想过逃离这里,永远不再回来,甚至想投水自尽,但这些想法都不太切实。我无力地坐在门口最下边的台阶上,在黑暗中蜷缩着身体,任由这突如其来的痛苦将我深深地吞噬。这时,丽娜提着篮子下楼去取柴火,发现了泣不成声的我。

我恳请她对此事保密,随后步履沉重地上了楼。玻璃门旁的衣钩上挂着父亲的帽子和母亲的阳伞,它们承载着家的温馨与安宁,让我心生慰藉,仿佛归乡的游子看见故乡的小屋,闻到故乡的味道一样。然而,此刻的我却与它们格格不入,它们属于父母那光明、正义的世界,而我,却已跌入罪恶的深渊,被罪恶与放纵所吞噬,被敌人所窥视,被危机、恐惧与耻辱所环绕。房间里的帽子和阳伞、精致的砂石地板、廊柜上的大幅画像以及客厅里姐姐那甜美的声音,这一切从来没有像今天这样珍贵、温柔和可爱。然而,我却无法从中找到一丝慰藉与安宁,心中只有严厉的斥责声在回响。它们已不再属于我,我再也无法融入这静谧、和谐、欢乐的生活中了。我的双脚已沾满污秽,即便在门垫上反复擦拭,也无法抹去那深重的罪痕;阴影如影随形,而家人们对此一无所知。我曾将无数秘密深埋心底,曾多次忧虑不安,然而与今日降临的灾难相比,那些过往的忧虑都显得微不足道。厄运追魂索命,无情地将我拖入深渊。如今,我身陷囹圄,连母亲也无法从中解救我,因为我绝不能让她知晓这件事——我当着克罗莫的面,以上帝之名起誓,做出了虚假的承诺。眼下,无论我是因偷窃还是撒谎而犯罪,都已不再重要。我的罪孽并不在此,在于我与魔鬼订下的契约。为何我会和他们混在一起?为何我对克罗莫的敬畏程度超过了我的父亲?为何我要编造那个偷苹果的故事?为何我要将鸡鸣狗盗之事当作英勇之举而大肆宣扬?如今,魔鬼已紧握住我的手,敌人正在身后穷追不舍。

某一瞬间,我忘记了对于明天的恐惧,更让我心神不宁的是那无法预知的未来:我的人生似乎要逐渐走向深不见底的深渊。我深知,从此我将无法避免一再地犯错,我在姐妹面前的笑容、对父母的问候和亲吻都将成为虚假的掩饰。眼下,我只能将自己悲惨的命运和不可告人的秘密深藏心底。

但是,当我看到父亲的帽子时,我的心中瞬间燃起了信任与希望的火焰。我决定向他坦白一切,接受他的处置和惩罚,让他听到我的忏悔,帮我走出困境。我知道,即便我会受到惩罚,但只要我真诚地忏悔,乞求他的宽恕,这段艰难的日子终会过去,就像我过去常常经历的那样。

这听起来多么让人欣慰！多么诱人！但我知道自己不会这么做。现在，我背负着一个难以启齿的秘密，这份罪孽必须由我独自承担。或许，这将是我人生的一个转折点，从这一刻起，我只能终身与坏人为伍，和恶人分享秘密，寻求他们的庇护，甚至听从他们的命令，最终变得和他们一样。既然当初我要强逞英雄，现在我就必须为自己的行为付出代价。

进入房间时，父亲看到我把鞋子弄湿了，对我一顿呵斥，完全没有察觉到更糟糕的事情已经发生，这让我暗自庆幸。我坦然接受了他的责备，内心却巧妙地将这份批评转移到其他事情上。在这一刹那，一种异样的情绪在我心中一闪而过，让我倍感煎熬与自责：一种拥有优越感的错觉！"真是无知！"我心里开始嘲笑父亲，感觉自己如同一个杀人犯，别人却不停地盘问我有没有偷面包。这种情感是如此的卑劣和丑恶，又无比强烈，不断地刺激着我，将我与那些秘密和罪行紧密地捆绑在一起。我猜想，克罗莫可能已经去警局告发我了，暴风雨即将来临，而父亲还把我当作一个无知的小孩，因为一些琐事在那里喋喋不休！

在我早年的人生旅程中，这一刻对我的影响最为深远。父亲的光辉形象在我心中出现了第一抹裂痕，我童年王国的柱石上也出现了一道罅隙。每个人在塑造真正的自我之前，都需经历这个过程。正是这些不为人知的经历，决定了我们的命运轨迹。虽然时间或许能让这些裂痕慢慢被修复，直至被遗忘，但它们依旧会在我们心灵深处某个隐秘的角落留下痕迹，犹如伤口一般，淌着鲜血。

这种新奇的感觉让我惊慌失措，我几乎想跪地匍匐在父亲脚边，祈求他的宽恕。然而，在某些重大的事务中，寻求他人的原谅往往也无济于事，这是一个连三岁小孩都能明白的道理。

我本该好好地思索自己当前的处境，并想好明天到底该怎么办，但此时我的内心无法平静。一整夜，我都在尽力适应家中那种莫名的异样氛围。墙上的挂钟、挂画、书桌、《圣经》、镜子和书柜仿佛都在与我告别，我只能眼睁睁地看着自己曾经熟悉而幸福的生活渐行渐远，不由得心灰意冷。同时，我感觉到自己正在长出新的根须，深深扎根于黑暗且陌生的世界。我第一次体会到了死亡的滋味，它如此苦涩，因为死亡亦是新生的序曲，充满了对未知的恐惧与不安。

躺上床后，我终于感到了一丝解脱。睡前的晚祷活动让我如坐针毡。大家唱了我最喜欢的那首圣歌，但我并未加入其中，因为每个音符对我来说都如鲠在喉。在父亲念诵祷词时，我仍没有出声。最后，当父亲说出"——与我们同在"时，我如同遭受了雷击，感觉自己已经不再是家庭的一员了。上帝的恩典，似乎只属于他们，而我，只能独自承受寒冷与疲惫，默默地离开房间。

在床上躺了片刻后，我终于感到了一丝温暖与舒适。但没过多久，我的心再次被恐惧所笼罩，并开始为下午发生的事情焦虑起来。和往常一样，母亲走了进来向我道了句晚安，随后便离开了。她的脚步声在房间里回荡，手中的烛光在门缝中摇曳。我期待着，她一定能感知到我内心的波澜，会再次回到我身边，轻轻地吻我，温柔地询问我遇到了什么问题。那时，我会忍不住哭泣，心里的石头也会渐渐放下，我还会紧紧地抱住她，将实情告诉她。我相信，只要母亲在，一切都会好起来的，我会得到救赎。门缝中的光线渐渐黯淡下来，我仍然竖起耳朵，希望再次听到母亲的脚步声。

随后，我的思绪再次回到自己面临的窘境中，敌人又浮现在眼前。他眯起双眼，毫不掩饰地嘲笑着我。我凝视着他，心里十分清楚，自己已经无路可逃了。他的身形变得愈发狰狞且庞大，他的双眼似乎有邪恶的火焰在燃烧。直到入睡前，他的身影仍旧如此可怖。然而，在梦境里，既没有他的影子，也没有我白天的遭遇，有的是我与父母、姐妹们一同乘船出游，在欢声笑语中度假的情形。半夜醒来，梦中的快乐仍让我回味，仿佛姐姐的白色裙子还在阳光下闪闪发亮。然而在醒来的一瞬间，我又回到了冷酷的现实，我的敌人依旧在黑暗中恶狠狠地看着我。

第二天一早,母亲匆忙地跑到我房间,焦急地呼唤:"快点儿起床,上学要迟到了,你怎么还在床上磨蹭?"看到我脸色很差,她又关切地询问我哪里不舒服。就在这时,一阵恶心感袭来,我吐了一地。

有时,身体抱恙似乎也不算什么坏事。我喜欢悠闲地躺在床上,品尝着热乎乎的甘菊茶,聆听着母亲在隔壁房间忙碌的窸窣声,以及丽娜在门厅接待屠夫时的喧嚣声。在不用上学的早晨,阳光会肆意地洒进房间,如童话世界般美好。不像在学校,阳光总会被绿窗帘遮挡在窗外。但今天,这些往日的乐趣似乎都失去了色彩,变得索然无味。

唉,有时我真想一死了之,但现实是,我只是有些轻微的不适,并非得了什么致命的疾病。虽然生病能让我暂时逃避学校的束缚,但克罗莫如影随形,他会在十一点准时出现在集市上等待我。母亲的关怀如今成了一种压力,让我倍感沉重。我尝试强迫自己再次入睡,同时思考着对策。我清楚,十一点我必须出现在市场上,别无选择。于是,在十点左右,我悄然起床,向家人谎称自己身体已好转。和往常一样,他们让我继续休息或下午再去学校,但我坚持说自己想回学校上课。其实我心里另有算盘。

我不能身无分文地去见克罗莫,我得设法拿到自己的存钱罐。虽然我知道里面钱不多,但多少还有点儿。我觉得有总比没有好，至少也能对克罗莫有个交代。

我套着袜子，蹑手蹑脚地溜进了母亲的房间，从梳妆台上取走了我的存钱罐。我内心充满了愧疚，但相较于昨天要好多了。我的心跳得飞快，顿时觉得胃里一阵恶心，就快吐出来了。下楼后，我才发现存钱罐竟然上了锁，这让我心情更加紧张。其实，要强行打开它并不难，只要撕破那层薄薄的铁皮就可以了。然而，当我真的这么做的时候，那铁皮的尖锐边缘却像针一样刺痛了我。在那一刻，我意识到自己已经成为一个真正的小偷。以前的我，可能只是偶尔偷吃些水果和糖块，但今天，我却走上了偷窃的道路，尽管那些钱原本就是属于我的。我感觉自己离克罗莫的世界更近了一步，正在迅速地堕入无尽的深渊。唉，就让我与恶魔为伍吧，已经没法回头了。罐子里的那些钱看似沉甸甸的，但实际取出时会发现少得可怜，只有六十五芬尼。随后，我将那存钱罐藏匿在楼下的走廊里，紧握着那笔钱，心情复杂地走出了家门。我好像听到楼上有人叫我，但我并未回头，快步跑开了。

时间还很宽裕，我故意绕了条远路。整个城市仿佛完全变了个样，头顶的云层也变幻出各种诡异的形状。行走在大街上，沿途的房屋仿佛都在审视着我，路人也似乎向我投来了狐疑的目光。走着走着，我突然想到，有个同学曾在牲口市场捡到过一枚塔勒银币。我多想向上天祈祷，希望上帝也能让我交这样的好运。但现实告诉我,我已经没有祷告的权利了。即便有,那存钱罐也无法恢复原样。

弗兰茨·克罗莫大老远就看到了我,但他似乎并不着急,向我走来时步履悠闲。他走到我身边后,旋即向我使了个眼色,示意我跟着他,随后便头也不回地继续往前走。我们穿过小巷,跨过人行天桥,来到一幢尚待完工的建筑前,这里墙面裸露,门窗尚未安装好。克罗莫环顾了一周,见四下无人,随后穿过大门走了进去,我紧随其后。他走到墙边,招呼我靠近,向我伸出了手。

"带了吗?"他语气冰冷地问道。

我取出紧攥在手中的钱,一一放在他那宽大的手掌中。最后一个五芬尼硬币落下的瞬间,他已清点完毕了。

"这才六十五芬尼。"他瞪着我说。

"是的,"我战战兢兢地说,"我只有这么多。我知道这钱不够,但这确实是我的全部家当了,真的再也没有了。"

"我本以为你是个聪明人",他略带责备地说,"你看起来挺绅士,没想到却如此不懂规矩。既然你给出的数额不对,那我就不能收下这些钱。你拿回去吧。除了你,还有其他人等着和我交易呢!你知道我说的是谁,他可不会像你这样讨价还价。"

"但是我真的没钱了,我的存钱罐里就只有这么多。"

"那就是你的事了。我也不想让你为难,这笔钱我先收下了,不过你还欠我一马克三十五芬尼,你打算什么时候给我?"

"我肯定会给你的,克罗莫!只是我现在还不清楚具体的时间,也许明天,也许后天。你知道这事我不能告诉我父亲,我得想办法自己凑钱。"

"那我可不管,你知道我不想伤害你。尽管如果我去告发你,分分钟就能拿到那两马克;尽管你穿着光鲜,饮食讲究,而我只是穷光蛋一个,但我不会出卖你的,我可以宽限你几天。后天下午,我们以口哨为号,到时候就可以把事情给了结了。你听过我吹口哨吧?"

他吹了吹口哨,其实那哨声我之前听过很多次了。

"是的,我听过。"我说道。

他若无其事地离开了,就好像我们根本不认识一样。确实,我们之间除了这场交易,并无其他瓜葛。

即便是现在,当再次听到克罗莫的哨声时,我还是会被吓得够呛。从那时起,那哨声便如幽灵般在我耳畔回响。无论我是在嬉戏、学习,还是沉思,都不得不屈服于它。它如影随形,主宰着我的命运。温暖绚丽的秋日午后,我待在自己钟爱的小花园里,总会不由自主地想要重温一下童年的游戏。我试图扮演儿时的自己,想要找回那份美好、自由、安宁与纯真。然而，克罗莫的哨声总会无情地闯入，对此，我并不意外，但每次哨声响起，我还是会胆战心惊。那尖锐的哨声会撕裂我的儿时回忆，击碎我的童年幻想。但是，我只得跟在这个可恶的讨债鬼身后，走向那阴暗丑陋的角落，为自己辩解，被逼着还钱。这段糟糕的经历持续了好几个星期，但我感觉仿佛历经了数年，像是一场永恒的梦魇。我很少有机会能弄到钱，只能趁丽娜不注意时，悄悄取走她留在桌上的五芬尼或十芬尼。即便这样，我还是会招致克罗莫劈头盖脸的一顿谩骂和羞辱，指责我欺骗他、侵犯他的权益、侵占他的钱财，甚至说我给他带来了不幸。我长这么大，从未受到这样的煎熬，也从未感到如此绝望和局促。

　　我悄悄地将假币填满存钱罐，然后不动声色地将其放回原处。尽管无人问及此事，但我每天都因此心绪不宁。相比于克罗莫那令人胆寒的口哨声，我更害怕母亲轻盈的脚步声，担心她会走过来问我存钱罐的事。

　　由于我多次空手去见我的小恶魔克罗莫，克罗莫开始变着法子折磨我，指派我完成各种任务。无论是为他父亲邮寄包裹，还是执行一些极其困难的任务，如单腿跳十分钟或往路人身上贴便笺，我都得无条件服从。即便在梦中，这种折磨也如影随形，每次从噩梦中惊醒，我都汗如雨下，身心俱疲。

有段时间，我身体欠佳，精神萎靡。白天我时常感到恶心畏寒，夜晚我却异常燥热，冷汗涔涔。母亲察觉到我有些不对劲，便对我呵护有加，但她的关爱只会让我更加痛苦，因为我无法向她坦白我所经历的一切。

一天晚上，我躺在床上刚准备睡觉，只见母亲拿着一块巧克力走了过来。回想起小时候，每当我表现良好，母亲总会在睡前给我一块巧克力作为奖励。此刻，她就站在床头，将巧克力递给我。我身心俱疲，根本无力起身，只能摇头拒绝。母亲轻轻地抚摸着我的头发，问我怎么了。我无法抑制内心的情绪，于是大声地呼喊："不，我不要！我什么都不想要！"母亲默默地将巧克力放在床头，然后离开了房间。次日清晨，母亲试图提及昨晚的事情，但我佯装什么都不知道。后来，她带我去了趟医院。经过一系列检查后，医生也没发现什么问题，只是建议我每天早上冲个凉水澡。

那段时间，我如精神失常一般，萎靡不振，与家中那宁静和谐的氛围格格不入。我就像一个幽灵，每天活在痛苦和折磨之中，无法融入家人的日常生活，也无法全身心地投入到任何事情中。父亲也时常因此怒火中烧，他质问我为何变成了现在这副样子，而每当这时，我只能默然地离开。

第二章

该　隐

然而，一件意想不到的事，将我从苦痛的深渊中解脱了出来，也让我对生活多了一番新的理解，对我影响至今。

不久前，学校里来了个插班生。他家境殷实，刚搬进城，袖子上还别着守丧的黑纱，看上去他父亲过世不久。他大我好几岁，却只比我高一个年级。像其他人一样，我很快就注意到他了。他与众不同，看起来十分老成，给人的印象全然不像是一个小孩子。与我们这群稚气未脱的孩子不同，他举止成熟，像位绅士。他既不同我们玩游戏，也不到处嬉戏打闹，有些不太合群，倒是他在老师面前沉着自信的态度让大家对他赞赏不已。他的名字叫马克斯·德米安。

在我们学校里，时常会出现一种特殊情况，即不同年级的学生会在一个大教室一起上课。一天，我们恰好与德米安所在的班级合班，低年级的孩子们上《圣经》课，而他们高年级的学生上写作课。老师正在台上讲该隐与亚伯的故事，但我的视线不由自主地被德米安吸引。他似乎有种神奇的魔力，他全神贯注于学习之中，脸庞透露出智慧与坚定，仿佛是一位潜心研究的学者，而非一名忙着写作业的学生。我对他的印象并不算好，甚至有一种反感的情绪。在我眼里，他冷漠、傲慢且自负，眼中流露出的是一种悲伤与讽刺交织的情绪，这是大人们所特有的眼神，没有哪个孩子会喜欢。不知是出于喜爱还是厌恶，我还是禁不住想看他。当他的视线与我交汇的那一刹那，我又匆忙地转移了视线。若要我描述他学生时代的模样，我会说：他与众不同，独具个性，然而他的行为低调内敛，尽量避免引人注目。他就像一个微服私访的王子，竭力隐藏着自己的真实身份，混迹于一群乡野学童之中。

放学路上，他跟在我身后，当周围的同学逐渐散去，他快步赶上了我，和我打招呼。听得出来，他想模仿其他孩子的语调，但是言语有些过于成熟和拘谨了。

"介意我们一起走一段吗？"他和善地问。我有些受宠若惊，便点头应允，并告诉了他我家的住址。

"哦,是那栋房子吗?"他听了后笑了起来,眼中闪烁着好奇的光芒,"我知道那栋房子,大门上有个很特别的装饰物,我一直对它挺感兴趣的。"

我一时间不太明白他说的是什么,稍后我才惊讶地意识到,他对我家的了解似乎超过了我自己。他指的可能是拱门顶部的那个物件,其实那是一个盾徽,由于岁月的洗礼,上面的图案已经模糊不清,而且被多次粉刷覆盖,失去了原有的色彩。据我所知,这个盾徽与我的家族并没有什么渊源。

"我也不太清楚那是什么东西。"我小心翼翼地回答,"它看起来像是一只鸟,有些年头了。以前,这栋房子是修道院的。"

他点了点头,说道:"有可能。不过,你可以好好地看看!这个挺有意思的,我猜想上面应该是一只雀鹰!"

我们继续走着,但我有些不自在。就在这时,德米安似乎突然想到了什么有趣的事情,哈哈大笑起来。

"对了,我们早上一起上过课吧?"他兴致勃勃地开始回忆起课堂上的情景,"记得该隐的故事吗?上帝在他的额头上留下了印记,对吧?你喜欢那个故事吗?"

其实我并不喜欢,对于老师强迫我学的任何东西我都提不起兴趣。但我不敢承认,因为他就像大人一样,让人倍感压抑。于是,我便告诉他自己很喜欢那个故事。

德米安轻轻地拍了拍我的肩膀。

"在我面前你就不用遮遮掩掩了。实际上，我觉得这个故事很古怪，比老师在课上讲的其他故事都要古怪得多。老师并没有讲得很透彻，只是反复在讲上帝、原罪这些概念。但我认为——"他欲言又止，然后带着一丝笑意问我，"你想继续听吗？"

见我点头，他继续说道："我认为，该隐的故事还可以有另一种解读。毫无疑问，老师讲的大部分内容都是正确的，但是只要我们换一种角度，便会对这个问题有一种全新的看法。就拿该隐额头上的印记来说吧，老师在课上就没有讲得很清楚，对不对？你想想看，一个人因为争执而杀害了自己的兄弟，这的确有可能发生；事后他深感羞愧，低头认罪，这也在情理之中。但上帝为何要在该隐的额头上加了一个印记，以庇护杀人者，震慑无辜的旁人呢？这一点，确实让人难以理解。"

"的确，"我觉得他的理解确实有点儿意思，"还有其他的解读吗？"

他又拍了拍我的肩膀。

"很简单！其实故事的开端就是那个印记。有这么一个人，脸上长了点儿东西，大家都害怕他，不敢与其接触，也不敢接近他的孩子，大家对他们充满了敬畏。我们可以大胆猜测一下，他的额头上也许——应该说肯定——不会真的有像邮戳那样明显的印记。这样荒诞的故事生活中很少发生。那个让人难以捉摸的神秘印记，应该是他眼神中异于常人的坚毅和果敢。他孔武有力，人们忌惮他的力量，便无意中给他加上了某种'印记'。此外，他们也惧怕他的孩子，认定他们身上也有某种印记。至于这个印记代表的是善是恶，自是由他们去评说。为了让自己心安理得，人们没有将这个印记看作荣誉的象征，反而不断对其进行诋毁。人们说拥有这个印记的人是十分邪恶、可怕的，事实也确实如此，那些英勇刚毅的人，的确会让人胆寒。身边有这样一群勇猛无畏的人，让他们觉得十分不自在，于是他们便给这些人贴上邪恶的标签，编排各种各样的故事，好弥补自己受伤的心灵。这样说，你明白了吗？"

"嗯，你是说，该隐根本就不是坏人？《圣经》的故事都是骗人的？"

"可以这么理解，但也不全是这样。那些古老的故事是实实在在发生过的，但是，人们对它的记载和解读可能存在偏差。简而言之，我认为该隐是个才能卓著的人。人们正因为对他心存畏惧，才编织了这样一个充满偏见的传说。在我看来，这就是个谣言，是人们茶余饭后的谈资。然而，不可否认的是该隐和他的后代身上确实有某种印记，让他们与众不同。"

这番话让我目瞪口呆。

"那么，按照你的看法，他杀害自己兄弟的事情也是虚构的？"我好奇地问。

"不，弱者被强者杀死，那肯定是真的，这是再正常不过的事情。唯一值得怀疑的是，该隐杀掉的那个人是不是他的兄弟。不过这并不重要，毕竟四海之内皆兄弟嘛。这起事件到底是出于义愤还是蓄意谋杀，这是见仁见智的。不过，无论如何，其他弱者会对他深感恐惧，充满了怨念。如果有人质问他们为何不亲自了结那位强者，他们绝不会承认自己的懦弱，而是会声称：'我们不能这么做，因为他身上有上帝赐予的印记！'你看，这个谎言的来龙去脉应该就是这样的。哦，时间不早了，你也该回家了，再见！"

他转身进入一个小巷，我则独自站在原地，有些茫然无措。看着他的背影，我觉得刚刚的一切是那么不真实。在他口中，该隐是一位勇士，而亚伯成了一个十足的懦夫，该隐额头的印记竟成了荣耀的标志，这简直是在颠倒黑白，亵渎神明！如果是这样的话，那么上帝又算什么呢？难道他没有接受亚伯的献祭，难道不爱亚伯吗？这简直是谬论！我猜想，德米安或许是在捉弄我，试图用这种方式将我引入歧途。这个狡猾的家伙，虽然聪明伶俐、能言善辩，但我是不会被他蛊惑的，绝不！

　　回到家后，我花了几个小时，乃至整个晚上细细思考《圣经》故事的深层含义，都抽不出时间去想克罗莫的事了。我又仔细读了一遍该隐的故事。《圣经》的记载简洁明了，想要从字里行间寻找出其隐含的意义，简直是痴心妄想。如果真像德米安所说的那样，那岂不是每个杀人犯都可以声称自己得到了上帝的庇护？这太不可思议了，简直荒谬至极。然而，德米安讲故事的方式却十分引人入胜，通俗易懂，仿佛他说的就是无可辩驳的真理一般，那双闪烁着光芒的眼睛，更是让人难以忘怀。

　　说起来，我当时的状态糟糕透了，还一度误入歧途。同亚伯一般，我也曾生活在一个纯净而光明的世界，但此刻，我却仿佛跌入了另一个世界，深陷其中，无力自拔，又束手无策。突然，我的脑袋里闪过几组画面，让我几乎喘不过气来。我想起了那个不幸的夜晚，我竟自认为看透了父亲，也看透了那个智慧而光明的世界，这让我不免有些沾沾自喜。是的，那一刻我仿佛化身成了该隐，额头上也长出了一道深深的印记，象征着我的荣耀。霎时间，恶行累累的我也变得高尚起来，似乎比我的父亲还有那些善良虔诚的教徒要圣洁得多。

　　那天晚上，我的思绪并没有像现在这样清晰明了，但这些想法早已在我心中悄然萌发。种种纷繁复杂的思绪和情感交织在一起，既带给我痛苦，也带给我一种难以言表的自豪。

德米安对勇敢与懦弱的理解真是与众不同！他对该隐额头印记的诠释也是别具一格！他那双成熟睿智的眼睛更是摄人心魄！我时常禁不住地想，或许德米安便是该隐那一类人吧？如若他们之间毫无共通之处，他又何必为该隐辩护呢？为何他的眼神中总透露出一种坚定的力量？为何他在提及那些虔诚、谦逊的"上帝选民"时，语气中充满了讽刺与不屑？

我思绪万千，理不出一个头绪，就好似一块石子投入了我心灵深处的一口古井。在那之后的漫长岁月里，该隐杀弟的传说以及他额上的印记，成为我质疑常理、探寻新知的开端。

我注意到，德米安在同学们中颇受瞩目。我未曾向他人透露过他如何解读该隐的故事，但他似乎自带一种吸引力，使得校园里关于这位"新生"的传闻不绝于耳。若我能将这些传闻一一收集起来，或许能逐渐揭开他的神秘面纱，对他有更为全面的了解。起初，到处有传言称他的母亲极其富有，也有人说他们家从不去教堂，还有人称他们可能是犹太人或穆斯林。然而，有一个传闻却是真实不虚的，那就是德米安武力超群。据说，他把班上最强壮的男生狠狠地修理了一顿。

当时，那名男生要求和德米安单挑却被一口拒绝，于是便嘲讽德米安是一名懦夫。德米安听后，单手掐住他的脖子，用力一拧，那名男生瞬间脸色惨白，随后便狼狈逃离，事后几天都无法活动胳膊。更离谱的是，甚至有谣言称，那名男生于某天夜晚去世了。人们对这些传闻深信不疑，议论纷纷。虽然一段时间后这些谣言逐渐平息，但不久之后，新的传闻又开始流传，说德米安与女生关系亲密，且对男女之事了如指掌。

  与此同时，我仍然受到克罗莫的胁迫，根本无法摆脱他的控制，即使他偶尔有所松懈，不来找我的麻烦，但我始终活在他的阴影下。即便是在梦境中，他也如影随形，甚至会做一些比现实生活中更恶劣的事情，让我完全沦为他的奴隶。我本就爱做梦，而且做的经常是一些噩梦。睡梦中，克罗莫的阴影笼罩着我，让我精神疲惫，失去活力。我经常梦见克罗莫虐待我，朝我吐口水，用膝盖将我压在地面。更可怕的是，他试图诱导我走向犯罪的道路——与其说是诱导，不如说是用暴力强迫。我还做过一个令人毛骨悚然的梦。睡梦中，我手握克罗莫交给我的刀，藏匿在小巷的树后，等待着某个未知的目标。不久后，一个身影出现，克罗莫抓住我的手臂，告诉我那就是我要刺杀的对象。然而，当我抬头看清那人的面容时，我惊愕地发现，那竟是我的父亲。那一刻，我从梦中惊醒,心神几乎崩溃。

这个弑父的梦境让我不由得联想起该隐与亚伯的故事。我很少会梦到德米安,第一次梦见他是在一个奇异的梦境中,梦中我再次受到虐待与欺辱,但骑在我身上的不是克罗莫,而是德米安。这次的梦和以前全然不同,令我印象深刻。当克罗莫对我施暴时,我心中充满了厌恶;但当德米安欺辱我时,我却有一种新奇的感受,一种快乐与恐惧共存的快感。我做过两次类似的梦,之后,克罗莫又回到我的梦境中了。

其实,我早已经分不清梦境和现实了。我与克罗莫之间的关系一直很紧张。即便最后,我用偷来的钱还清了债务,这事依然没完。他知道我的钱是偷的,因此经常会追问我这些钱的出处,这样他就抓住了我新的把柄。他时常威胁我,称要将我偷窃的事情告知我父亲,这使我感到恐惧,但我更懊悔当初没有选择向父亲坦白一切。然而,尽管我饱受煎熬,心中却并非全是遗憾。有时候,我甚至觉得这一切都是命中注定,无法避免。

我当前的境遇无疑给父母带来了不少困扰。我的身体仿佛被一个陌生的灵魂所占据,难以再融入这个曾经温暖和谐的家庭。我对于家庭的渴望,如同对伊甸园那般向往,这让我内心痛苦不已。母亲将我视为病人,而非叛逆的孩子,但我从姐妹们的细微反应中察觉到了异样。她们对我过分的关照反而让我感到更加不适，显然她们认为我已被某种魔力所困，对于我这个"恶灵附身"的人，她们选择关爱而非责备。家人为我祈祷的方式也与以往截然不同，但我深感这不过是徒劳之举。我的内心焦灼不安，渴望得到解脱和真正的忏悔，但我也预见到，我无法坦诚地向父母倾诉我内心的挣扎。我明白，无论我如何表达，他们都会以善意接纳我，悉心照料我，甚至对我表示同情，但那只是一种表面的理解，他们只会将这一切视为我一时的迷失，意识不到这是我生命中无法逃避的际遇。

　　有的人可能不相信，一个未满十一岁的孩子怎么可能会有这样的想法。可我的故事是讲给那些对人性更加了解的人听的，而不是讲给那些怀疑者的。成年人或许已经学会了用理智去表达部分情感，往往忽视了自己在童年时也曾有过相似的感受。因此，他们往往错误地认为，孩子并不具备这样的情感体验。然而，对我而言，儿时的那段经历确实是我人生中最深刻、最痛苦的体验。

　　一个阴雨天，克罗莫又把我叫到了广场上。雨滴从板栗树的叶间滑落，我静静地等着，同时用脚拨弄着被雨水冲刷下来的落叶。我清楚自己身无分文，但为了不空手而来，我特地带了两块蛋糕作为补偿。我早已习惯在角落里默默地等待他的到来，即便有时会等很久，我也只能默默承受，就像人终究要接受无法抗拒的命运一般。

终于,克罗莫来了,但他并没有待多久。他戳了戳我的肋骨,随后大笑着从我手中夺走了蛋糕,塞给了我一支受潮的香烟,这我当然不会接受。令人意外的是,他那天的举止比往常要和善许多。

"哦,"他临走时说,"差点儿忘说了,下次把你姐姐带来见我。她叫什么名字来着?"

我没明白他的意思,便没有回答,只是愕然地看着他。

"你没听懂我的话吗?我说,把你姐姐带来。"

"克罗莫,这真的不行,我做不到,而且她也不会来的。"

我感觉他又在找借口刁难我。他总是提一些不切实际的要求,以此来吓唬我、羞辱我,然后与我谈条件,逼迫我拿钱财或礼物来消灾。

然而,这次他的反应却让我意外,他并未因我的拒绝而恼羞成怒。

"行吧,"他漫不经心地说,"你最好想清楚,我只是想和你姐姐认识一下,这应该不过分吧?你只需要带她出来散散步,然后我会来找你们。明早,你听到我的口哨声就出来一趟,我们再商量一下。"

待他离开后,我才明白他的真实意图。尽管我年纪尚小,但多多少少也听说过,许多年龄大一点儿的男孩女孩会偷偷摸摸地做些见不得人的事情。突然间，我意识到他的这个要求是多么无耻！我下定决心绝对不会那么做。至于拒绝的后果是什么，克罗莫会怎样报复我，我不敢去细想。之前的痛苦还未结束，新的折磨又开始了。

我双手插进衣兜，心情沉重地走在空旷无人的广场上，心中充满了绝望，仿佛又陷入了新的困境，再次成为命运的俘虏。

突然间，一个深沉有力的声音打破了寂静，呼唤着我的名字。我吓了一跳，拔腿就跑。但后面的人紧追不舍，伸出手轻轻地抓住了我。我回过头去，原来这人是马克斯·德米安。

我这才停下脚步。

"原来是你啊？"我惊魂未定地说，"刚刚吓死我了！"

他静静地注视着我，那双眼睛似乎比之前更加深邃、成熟，仿佛能看穿我的心事。自从上次分别后，我们已经很久没有聊天了。

"抱歉，你怎么会吓成这样？"他说话的声音温和而坚定。

"没事，就是下意识的反应。"

"可能吧。但别人对你什么都不做，你就吓成这样，他难免会吃惊，难免会好奇，也会忍不住想：'为何你会如此胆小？'随后他会意识到，人只有在害怕的时候才会有这样的反应。但只有懦夫才会如此胆小，我相信你不是这样的人，对吧？当然，你也不是什么英勇人物，也有自己害怕的人。实际上，你没必要怕任何人。你不怕我，对吧？"

"不，我一点儿也不怕你。"

"就是嘛。但总有一些人让你害怕吧？"

"我不知道……让我一个人待会儿吧，你为什么一直跟着我？"

我加快了脚步，试图甩掉他。但他一直跟在我旁边，余光中，我能感觉到他投来的目光。

"我对你并无恶意，"他补充说，"你也不用怕我。我们来做个小实验吧，这个实验很有趣，你也能学到一些有用的知识。听仔细了，我会一种'读心术'，它可不是什么巫术。如果你了解其中的原理，就不会觉得它有多么深奥了。好的，我们这就开始吧！我挺喜欢你的，对你充满了好奇，所以想了解你的想法。其实，我已经能够窥探到你的内心了。刚刚我吓了你一下，你表现得十分紧张，说明肯定有什么人让你心神不宁。按理说，你不用怕任何人。如果你对某人感到害怕，那往往是因为你有什么把柄在他手上。比如，当你做了件不怎么光彩的事情，被他发现了，他就会控制你。我这么说，你听明白了吗？"

我无助地看着他。他如往常般认真、亲切且睿智，一脸严肃认真地看着我。我不知道他是如何发现我的秘密的，简直是太神奇了。

"你听明白了吗？"他又问了一遍。

我频频点头，说不出一个字。

"听着，读心术虽看似神奇，但它其实并没有那么玄妙。我甚至能清楚地描绘出，上次我为你讲述该隐与亚伯的故事后，你对我的看法是怎样的，但这都是题外话了。我猜想，你或许在梦中也与我相遇过，但这并不重要。世间的大多数男孩都笨拙不堪，但你十分聪颖。我喜欢与我信赖的聪明人交谈，你不会介意吧？"

"当然不会。我只是有些不明白……"

"咱们继续来做那个有趣的实验吧！通过之前的观察，我发现你似乎特别胆小，还特别害怕某个人，因为那个人知道你的一些不为人知的秘密。我的分析对吗？"

这一切恍如梦境一般。我被他的声音和判断所折服，不由自主地点头。他所说的一切难道不正是我内心深处的想法吗？他似乎洞察了一切，比我自己还要清楚明了。

德米安用力地拍了拍我的肩膀。

"看来，我猜得没错。不过，我还有一个小问题，你知道刚刚离开广场的那个男孩的名字吗？"

我的心猛地一紧。他直接触及了我内心的秘密,而这些秘密,我宁愿烂在肚子里,也不愿向其他人提及。

"什么男孩?刚才那里除了我,并没有其他男孩。"

他大笑了几声。

"不用害怕,告诉我吧,"他笑着说道,"他叫什么名字?"

我低声回答:"嗯……你是说弗兰茨·克罗莫吗?"

他听后满意地点了点头。

"好极了!你很聪明,我们一定能成为好朋友的。我还有几句话要说,这个叫克罗莫还是什么的,一看就知道不是个好人,他就是个流氓!你说呢?"

"是的,"我叹了口气,"他像恶魔一样,简直坏透了!但这些话千万不能让他听见!天哪!绝对不能!你认识他吗?他认识你吗?"

"别激动!他已经走了,也不认识我,真的。不过,我倒是想认识认识他,他上的是公立学校吗?"

"是的。"

"上几年级?"

"五年级。别告诉他!我求求你了,千万别告诉他!"

"别担心,没事的。你是不是不想继续和我说克罗莫的事了?"

"我不能说!真的不能,你就放过我吧!"

他沉默了一会儿。

"真可惜,"他接着道,"本来还想跟你将实验继续进行下去的,但我也不想让你为难。但是你要知道,你没必要怕他,对他的恐惧只会让你痛苦不堪,所以必须克服它,不然你将永无宁日,明白吗?"

"是的,你说得对……但我做不到,你根本不明白……"

"你看,我知道的事情远比你想象得要多。你是不是欠他钱了?"

"是的,但那不是主要的原因。至于到底为什么,我不能说!不能!"

"也就是说,如果我帮你还掉这笔钱也没用咯?我可以替你还。"

"别,别,不是钱的问题。求求你了,不要告诉别人!千万不要!那样的话,我就要遭殃了!"

"相信我,辛克莱。总有一天你会告诉我你的秘密。"

"不会!我不会说的!"我大喊道。

"好吧,我也不勉强你。说不定哪天你会自愿和我分享这个秘密。你不会以为,我会像克罗莫那样对你吧?"

"不会,你根本不知道他有多恶毒!"

"没事,我只是提一下。放心吧,我不会像克罗莫那样,再说,你也不欠我钱。"

沉默良久之后，我冷静了下来。但德米安见微知著的本事倒让我越来越好奇了。

"我得回家了，"他不想淋湿自己，紧了紧毛呢外套，"话已至此，我还得给你一句忠告。我希望你能尽量避开那个人，但如果真的无法避免，那就杀了他。若你能做到这一步，我会由衷地敬佩你，甚至会全力支持你。"

此刻，我又一次陷入了恐惧之中。我突然想起该隐的故事，罪恶感如潮水般涌来，感觉这世界充满了肮脏与丑恶。不知不觉间，我竟流下了眼泪。

"好了，你回去吧。"德米安微笑着说，"杀掉他固然是最简单、最有效的解决办法，但我们肯定会有其他办法的。你应该少和克罗莫来往。"

一踏进家门，一种恍如隔世的感觉涌上心头，仿佛我已在外面流浪了一年。一切都变样了。我和克罗莫之间似乎有了"未来"和"希望"。我感觉自己不再是孤身一人了！我这才意识到，我过去几周独自保守秘密是多么孤寂。我曾考虑过向父母坦白可能会让我轻松一些，但那只是一种暂时的慰藉，而非真正的解脱。然而现在，当我几乎毫无保留地向这位陌生人倾诉时，那种即将得到救赎的轻松感，就像是一股香甜的微风，拂过我心间。

不过，盘桓在我内心深处的恐惧仍然挥之不去，并且还打算与敌人展开一场旷日持久的较量。但自那以后，我的生活变得异常平静和安适，这的确出乎我的意料。

一天、两天、三天，眼看一周的时间过去了，我再也没有听见克罗莫那熟悉的口哨声。我有些难以置信，但仍然心存余悸，担心他或许潜伏在某个角落，准备随时出现，打我个措手不及。但是，他却真的消失得无影无踪，而我仿佛重获自由了。正当我为此怀疑不已时，我与克罗莫不期而遇。那天，他沿着小巷一路走来，正好与我相向而行。见到我，他竟然向后退了两步，冲我做了个鬼脸，随后便匆忙转身离去，避开了我。

那一刻，我简直难以置信！我的敌人在我眼前狼狈逃窜！我的撒旦竟然畏惧我！惊讶和喜悦如潮水般向我涌来。

有一天，我又碰到了德米安，他当时正在校门口等着我。

"你好。"我打了声招呼。

"早啊，辛克莱，我就来看看你最近过得怎么样。克罗莫没有再找你麻烦吧？"

"是你做的？你是怎么做到的？我不知道为什么，他再也没来找过我。"

"那就好。虽然他没那个胆量，但毕竟他是个无赖，万一他还敢来惹你麻烦，你就报上我的名号。"

"你跟他打了一架吗？"

"没有，这不是我的风格，我只是和他聊了聊，就像之前跟你闲聊那样，我让他不要去招惹你。"

"哦，你没给他钱吧？"

"没有，小老弟，这招儿你不是已经用过了吗？"

我很想知道到底是怎么回事，然而不管我怎么发问，他始终避而不谈，旋即转身离开了。我对他有一种复杂的感觉，既感激又害羞，既钦慕又惧怕，既欣赏又抵触。

我打算不久之后再去见见他，跟他好好聊聊，还要和他讨论一下该隐的故事。

但这个想法终究还是未能实现。

我认为，感恩算不上什么美德，特别是对于小孩子来说，要求他们心怀感恩之心可能过于苛刻。因此，我并不觉得自己未对德米安表达感激之情有何不妥。然而，如今我深信，若非他及时将我从克罗莫的威胁中解救出来，我的人生可能早已走向堕落。正是德米安的出手相助让我走上了正途，我却将他忘在脑后了。

就像前面提到的，我并不觉得缺乏感恩之心有何不妥，但我独独想不通的是，我竟失去了对事物的好奇心。我怎么能心安理得地过活，不去打听德米安是怎么解救我的呢？我怎么能够抑制住自己的冲动，不去和他探讨该隐的故事、克罗莫的反常行为以及读心术的秘密呢？

尽管这些听起来有些不可思议，但事实确实如此。我从犹如恶魔的陷阱中挣脱，远离了那些令人心惊胆战的磨难，重新踏入了充满光明和喜悦的世界。那个曾经困扰我的魔咒已经消失，我不再是受尽煎熬之人，而是一名普通的学生。我试图让内心回归平衡与宁静，也努力驱逐和遗忘那些污秽的过往。这段充满愧疚和恐惧的往事仿佛奇迹般地在我的记忆中消散，没有留下任何痕迹或创伤。

说到这里，我终于能够理解为何我会那么快忘掉德米安了。在摆脱克罗莫的枷锁，逃离了黑暗的幽谷后，我那饱受创伤的心灵迫切地渴望回归往昔的安宁与幸福。天堂之门仿佛再次为我敞开，我渴望重新拥抱父母和姐妹，回到那个纯净清新的世界，再次感受上帝的庇护。

与德米安交谈后的次日，我坚信自己已重获自由，过往的阴影不会再次笼罩，于是我决定去做那件我期盼已久的事——忏悔。我找到了母亲，向她展示了被撬坏的锁和装满假币的存钱罐，并坦白了自己因过去的错误而长期被恶人利用和欺压的经历。虽然她未必能完全理解，但当我展示存钱罐，她注意到我眼中闪烁着不同的光芒，声音也变得坚定时，她感知到我已走出阴霾，那个曾经的我又回归到了她的身边。

就像误入歧途的浪子回到家乡一般，我的内心也得到救赎，这让我感到十分庆幸。之后，母亲领我见了父亲，将我的经历一一讲述。他们满怀关切地询问我各种细节，时而感慨，时而震惊，时而轻抚我的头，时而唉声长叹，仿佛释放了长久以来的担忧。这一切都是那么美好，就像读到的小说故事一样，以美满的结局收尾。

我的生活又重归平静，我也重新得到了父母的信任，成为父母眼中的乖孩子，与姐妹们共享欢乐时光。在祷告的时刻，我怀揣着被救赎的喜悦，吟唱着熟悉的圣歌。终于，我不用再隐藏自己的情感了，可以自由地表达内心的真实想法。

但是我的内心还是无法回归宁静，正因如此，我才想要彻底忘掉德米安。我本应向他坦白一切，用不着多少华丽的辞藻和煽情的泪水，便可以让事情得到完美的解决。如今，我已然回归往昔的乐园，得到了亲人的宽恕。然而，德米安并不属于这个宁静的世界，他和我的家庭成员格格不入。他与克罗莫不一样，却也是一名引诱者，企图将我带入另一个邪恶、堕落的世界。但我决不会踏上那条道路，因为我是上帝虔诚的信徒，我不会贬低亚伯，去美化该隐。

但这只是一部分原因，其实我内心的真实想法是：虽然我摆脱了克罗莫的束缚，但这并非我自己努力的结果。人生之路坎坷曲折，当我跌倒时，是那只温暖的手及时伸向我，使我能够重新站起来，能够头也不回地扑倒在母亲的怀抱，进入一个安全的庇护所。我尽力装得幼稚、脆弱、天真一些，因为我急需找到一个新的依靠，取代克罗莫的位置，而我无力独自前行。于是，我盲目地选择了依赖父母，回到了那个大家钟爱的"光明世界"。我深知世界并非只有光明，但若不这样做，我可能会转而依赖德米安，将我所有的秘密和脆弱都交托给他。我之所以没有选择他，并非因为我怀疑他的说辞，而是因为我害怕。因为德米安对我有着更高的要求，他试图通过引导、劝诫、玩笑或嘲讽，让我学会独立。如今我恍然大悟，世间万象，最令人畏惧的，莫过于踏上那条通往自我成长与独立的道路。

话虽这么说，半年之后，与父亲漫步时，我还是忍不住问他，有人说该隐要比亚伯好，他怎么看。

他显然有些意外，随后认真地向我解释："这不过是些陈词滥调，毫无新颖之处。这种论调在基督教早期就已出现，并为一些教派所推崇，其中一个教派直接将自己命名为'该隐派'。然而，这实际上是魔鬼企图动摇我们信仰的伎俩之一。如果你真的认为该隐有德，而亚伯不义，那么你将得出一个结论，即上帝的做法是错误的。换句话说，《圣经》中的上帝并非唯一的真神，只是一个伪神。这正是'该隐派'所宣扬的教义，但这样的异端邪说早已被历史所淘汰。"

当得知我的同学竟然会涉足这样的论调，他十分惊讶，随即严肃地告诫我，不要有这样危险的想法。

第三章

强 盗

　　回首我的童年岁月，有许多美妙、温馨的故事值得记录：有父母的呵护，有亲人的关爱，还有一个充满乐趣、轻松闲适、和谐友爱的温暖家庭。然而，在我的童年经历中，真正让我着迷的，是那些勇敢追寻自我，不断突破与成长的瞬间。尽管我深深怀念与家人共处的幸福的时光，但我选择将它们珍藏在记忆的深处，不再过多留恋。

　　因此，当谈及我的故事，我更愿意聚焦于那些挑战我的旧有认知、激励我前行、助我重塑自我的经历。

　　这些经历往往来自"另一个世界"，时常伴随着恐惧、压迫和恶意，试图打破我所眷恋的平静的生活。

接下来的几年,我察觉到自己体内涌动着一种原始的冲动,只不过在光明、正义的世界里,我得把这内心的冲动深藏起来。渐渐地,我的性意识悄然觉醒,它如同一位不速之客,试图毁掉我的生活,引诱我打破禁忌,走向犯罪的道路。青春期充满了神秘感,那份对性的好奇不断在我心里激起波澜,带给我幻想、愉悦以及恐惧。这与我之前幸福、安逸的童年生活显得有些格格不入。和其他的青春期的孩子一样,我仿佛生活在两个世界中,虽然外表上我还没有长大,但是内心再也不是那个懵懵懂懂的小孩了。我的理智试图坚守那个熟悉的、传统的旧世界,抵制着那个由梦境、欲望与冲动交织的新世界。在焦虑和恐惧中,我在内心搭建起了一座桥梁,将新旧两个世界连接起来。和天下所有的父母一样,我的父母对我的青春期变化束手无策,也从未和我聊起过青春期的困惑。他们试图通过不断否认和回避来维护我童年的纯真,尽管这份纯真已经与我渐行渐远。我不知道父母在孩子的青春期能有什么助力,但是对于他们我并无怨言,因为我知道这是我必须独自面对的成长之路。在这个过程中,我像许多"好孩子"一样,表现得十分迷茫。

每个人的一生中都会遭遇这样的难关。对于普通人而言,这是内心的渴望与外部的现实激烈碰撞的时刻,也是人生旅程中最为艰险的路段之一。走过这趟旅程常常如同经历了一次灵魂的死亡与新生，而每个人都必须经历。随着童年的落幕，那些曾经深爱的人和事渐行渐远，他们可能会突然看清孤立无援的冰冷现实。然而，许多人因为无法突破这种困境，余生便在无尽的回忆和痛苦中度过，渴望回到那个已经消逝的乐园，做着最残酷的美梦。

还是说回我的故事吧。有太多的感受、太多的回忆都昭示着我的童年已经结束。其中，最重要的标志便是那个"阴暗的世界"或"另一个世界"再次出现在我面前。弗兰茨·克罗莫带给我的阴影再次笼罩着我，那个阴暗的世界也重新支配着我。

我和克罗莫的故事已经过去好几年了。那段不堪的过往，如同短暂的噩梦，已在时间的长河中逐渐消散。自那以后，弗兰茨·克罗莫在我的生活中销声匿迹，以至于后来再次与他相遇时，我竟然未能立刻认出他。但在我童年的记忆中，还有另一位重要的人物——马克斯·德米安，他并没有完全走出我的生活。在漫长的岁月里，他只存在于我记忆的边缘，并不会干涉到我的正常生活。然而，随着时间的推移，他越来越频繁地出现在我的记忆中，也在无形中改变着我的生活。

我试着回忆起有关德米安的事情。或许我已经有一年多没和他说过一句话了。我刻意地与他保持距离，而他也并未强行介入我的生活。即使我们偶尔在路上遇见，他也只是礼貌地向我点头示意。有时，我觉得他友善的面容中透露出了些许嘲讽的意味，但这也许只是我个人的错觉。我们两人似乎都已经忘却了曾经的交情以及他对我产生的影响。

此时，我可以清晰地回忆起他的样子。他就在我记忆的某个角落，也一直在我的关注中。我常常远远地望着他走向学校的背影，他有时是孤独的一个人，有时则与同学们相伴。和其他同学在一起时，他总是安静得出奇，仿佛置身于人群之外，他也常常我行我素。他似乎并不受大家欢迎，鲜有人愿意与他深入交往，或许只有他的母亲是他倾诉的对象，但即便在母亲面前，他也未曾展现出自己孩子气的一面。老师对他也不甚关注。他虽是好学生，却从不刻意讨好任何人。偶尔，我们会听到一些关于他的传言，说他曾顶撞老师，言语粗暴而犀利，让老师下不来台。

我闭目深思，脑海中浮现出他的模样。这是哪里？哦，记起来了，那是家门口的小巷，这里我再熟悉不过了。一天，德米安站在那里，手中拿着笔记本，细细地临摹我家门上古老的鸟兽形盾徽。我静立窗前，悄悄地在窗帘后窥视他。他着迷地看着盾徽，宛如一位学者或艺术家，神采奕奕，全神贯注且冷静自若，眼中闪烁着智慧的光芒。

后来没过多久，我又看见了他。我在放学途中，看到一群人围着一匹受伤的马。它躺在一辆马车前，脖子上还套着车辄，鼻孔大张，发出哼哼的声音，像是在哀怨，也像是在求助。不知它哪里受了伤，猩红的血液慢慢浸过灰白色的地面。我感到些许不适，想要转身离去。突然，我看到了德米安的身影。他并未像其他人那样向前挤，而是选择站在外围，保持着一种与生俱来的从容与优雅。他直直地看着马的头部，目光深邃而平静，同时带有一丝近乎狂热的专注。我久久地凝视着他，不禁觉得他有些与众不同：德米安的面孔，是一张成熟男性的面孔，没有一丝稚气的模样。然而，他的脸不光具有男性的特征，我还察觉到了一种难以言喻的特质，他的脸上仿佛还隐约透出了女性的柔和与细腻。那一刻，我觉得他的面容仿佛超越了性别与年龄的界限，仿佛历经了千年的岁月沉淀，带着一种不属于我们这个时代的印记。或许我曾在动物身上、古树或星辰上看到过，尽管当时我并未完全理解，但这种印象深深地刻在了我的心里。或许，他的外貌确实英俊，我也许曾对他心生倾慕，或是对他有些抵触，但此刻这些都变得不再重要。我只觉得，他与我们是如此的不同，他像是一只动物，或是一个神秘的幽灵，又或是一幅难以捉摸的画卷。我不知道他究竟是什么，但他确实与众不同，异乎寻常。

　　与他有关的童年记忆，我只能想起这么多。甚至，连这些仅存的记忆也可能是由后来的印象拼凑而成的。

051

若干年以后，我才与德米安有了进一步的接触。他没有像其他孩子一样去教堂接受坚信礼。学校里，关于他的身份，众说纷纭：有人说他是犹太人，或是异教徒；又有人猜测，他与他母亲是某个邪教组织的信徒。更有甚者，怀疑他是他母亲的情人。在没有宗教信仰的环境下长大，多少会对他的未来产生不利影响。后来，他母亲还是决定让他参加坚信礼，只是比同龄人晚了两年。于是，在上坚信礼课的期间，我和他成为同窗。

有段日子我一直躲着他，不想和他有任何关系，因为他总是流言缠身，秘闻不断。尤其是克罗莫那件事结束之后，我总是感觉自己受了他的恩惠，并对此耿耿于怀，况且那段时间也是我性启蒙的关键期，我心中也藏满了各种小秘密。尽管我努力学习，但是对那些教义总是提不起兴趣。神父在台上讲的那些教义虽然宁静、圣洁，但都只存在于理想世界，离我的生活太远。它们美好而珍贵，却过于平淡，而那些教义之外的东西恰恰相反。

虽然我对坚信礼课的热情逐渐减退，但是我对德米安的兴趣愈发浓厚，我们之间仿佛有某种难以言说的默契。一个清晨，天色尚早，教室还亮着灯光。神父在讲台上讲述着该隐与亚伯的古老故事，而我一点儿也听不进去，昏昏欲睡。突然，神父抬高了音调，谈到了该隐额头上的印记。我像被一股神秘的力量牵引，抬起头，向前望去。恰在此时，前排的德米安也转过身来，与我目光交汇。他的双眼闪烁着光芒，他意味深长地看了我一眼，那眼神既带着一丝戏谑，又看起来十分严肃。他注视了我一小会儿，然后转回了头。我则开始仔细聆听神父对该隐印记的讲解。在我的脑海中，一个声音在不断地回荡：这个故事并没有那么简单，它可能有另一种解读，甚至值得我们去质疑和批判。

自那以后，我和德米安之间又建立了一种新的默契。这种心灵上的交织仿佛拥有魔力，奇妙地拉近了我们之间的距离。我无从得知，这种默契是德米安刻意为之，还是纯属偶然。当然，我更愿意相信是后者。数日后的宗教课上，德米安选择坐在我的前面。在那个空气如贫民窟般污浊的教室里，能闻到他颈间淡淡的肥皂香气，这对我来说是一种难得的享受。不久后，他更是直接坐在了我的旁边，整个冬天和春天，他都没有换过座位。

自此，早课的时光与以前大不相同。我再也不会无聊到昏昏欲睡，反而每天都期待着早课的到来。课堂上，每当我们正全神贯注地聆听老师的讲述，德米安只需一个眼神，我便能察觉到那些宗教故事或箴言中的怪异之处，而他若再投来一眼，我便会对老师的训导产生批判与怀疑。

虽然我们在课堂上时常心不在焉，但德米安在老师和同学面前始终举止端正，从来不与其他孩子一起嬉戏吵闹，也不会偷偷讲别人的坏话，更未曾受到过老师的批评。但他乐于和我交流，有时只需一些手势，或一个眼神，我便能明白他想说的话。不得不说，他的一些想法的确与众不同。

比如，德米安会告诉我他对哪些同学格外关注，并会琢磨他们的行为。他对某些同学的了解可以说是入木三分。在课前，他会告诉我："稍后我用大拇指指向谁，他就会转过头来看我们，或者挠他的脖子。"对此，我并不以为意。上课时，德米安突然转向我，用拇指做着十分夸张的姿势，我便顺着他的手势看过去。果然，那些同学的动作和德米安预测的一模一样，仿佛被操控的木偶。我一直缠着德米安，希望他能将这一招儿用在老师身上，但他执意不肯。然而，有一次我未预习功课，担心被老师点名提问，我便向他求助。当老师准备点名让学生背诵教义问答时，他的目光恰好落在我心虚的脸上。他慢慢地走到我身边，用手指着我，就快喊出我的名字了。但就在那一刻，他仿佛有些分神，整理了一下衣领，走到德米安身旁。看见德米安直直地看着他，似乎有话要问，老师又转而走开，在咳嗽了几声后，选择了其他同学。

这些把戏确实挺有意思的，但是我渐渐意识到，他也时常在我身上玩这种把戏。有时，在我回家的路上，我突然感觉德米安就在我身后,一回头,他果然跟在我后面。

"是不是你想要别人干什么,他就会干什么?"我问他。

他欣然地回应了我的提问,语气平和,俨然是一副大人的口吻。

"当然不是,没有谁能做到。虽然神父经常向我们鼓吹自由意志,但是没有人能做到这一点。他人无法左右我们的思想,我们也无力操控他人的思绪。然而,通过细致观察,我们或许能较为精准地推测出对方的想法、感受,乃至其接下来的行动。这并非难事,只是大家不知道罢了,且它确实需要一定的练习和积累。以夜行性的飞蛾为例,它们之中雌性的数量远少于雄性。它们的繁殖方式与其他动物相似,即雄性通过交配使雌性受精,随后雌性产卵。科学家们通过多次实验发现,一旦捕获了一只雌蛾,便会有大量雄蛾从数公里外的地方飞来。这简直令人难以置信!这意味着远处的那些雄蛾都能感知到这只雌蛾的存在。人们试图解释这一现象,但难度极大。这可能与它们独特的嗅觉能力有关,如同优秀的猎犬能追踪到人类无法察觉的细微痕迹。在大自然中,这样的现象不胜枚举,令人难以解释。我想说的是,如果雌蛾的数量与雄蛾相当,那么雄蛾可能就不会进化出如此敏锐的嗅觉。它们之所以拥有这样的能力,完全是生存竞争和长期训练的结果。如果一个动物或人能将所有的精力和意志集中在一件事情上，那么其同样能够实现目标。这就是我要告诉你的道理，也是对你问题的回答。如果你足够长时间地观察一个人，你或许会比他自己更了解他。"

我险些脱口而出"读心术"这三个字，考虑到这些字眼可能会让他回想起多年前的克罗莫事件，我便没有说下去了。我们之间似乎有一种天然的默契：对于那件曾深深影响我生活的往事，我和他都不愿提及，就像我们相遇后那一切都未曾发生过一样，或者我们彼此都坚信对方早已将此事遗忘。偶尔，我们在街上与克罗莫不期而遇，我们都不会看对方一眼，更不会提及和他有关的任何话题。

"那么，关于意志的问题，我有些不解。"我询问道，"你说人没有自由意志，又说只要意志足够坚定，就能达成目标，这不是相互矛盾吗？若我无法控制自己的意志，我又如何能达成我的目标呢？"

他拍了拍我的肩膀。他欣赏我时，总会下意识地这样做。

"问得好！"他笑着说，"人就是要不断地提问，不断地质疑。原因其实很简单，试想一下，如果一只雄蛾将全部意志倾注于一颗星星，或是其他遥不可及的目标，那它注定会失败。但雄蛾不会这样做，它只会追求那些对其有实际意义和价值的事物，即那些它真正需要并渴望拥有的东西。正因如此，它展现了一项惊人的能力——我们称之为第六感。我们人类比起动物，尽管拥有更为广阔的探索领域，但我们也局限于相对狭小的空间里，难以脱身。我可以尽情想象，梦想着踏足北极，但只有当这个愿望从心底萌发，充溢我的内心时，我才会拥有足够的决心和毅力去实施这件事。一旦这样的愿望产生，我便能驾驭自己的意志，随心所欲地去达成目标。再举一个例子，如果我现在突发奇想，希望我们的老师不再戴眼镜，这显然只是个无稽之谈。但去年秋天，当我下定决心要从前排的座位调到后面时，我成功了。当时，有个名字排在我前面的人因为生病缺席了一段时间，突然有一天，他回来了。我立马给他腾出了座位。因为我调换座位的意愿很强烈，一有机会，我就会牢牢抓住。"

"的确是这样。"我补充道，"当时，我还纳闷来着，自从我们彼此关注到对方之后，便坐得越来越近。你能解释一下吗？我记得，最初你并没有直接坐在我旁边，而是选择坐在我前面几排，对吧？这到底是怎么回事？"

"其实，最开始我只是想坐到后排，但我并没有明确的目标位置。我隐约感到自己更想坐在你旁边，但是当时我并未意识到这一点。就在那时，你的意愿似乎与我产生了某种共鸣，助我实现了这一步。当我坐在你前面时，我意识到我的愿望只完成了一半——因为我发现，我还是想坐在你的旁边。"

我疑惑地问:"但那时候并没有新的同学加入我们啊。"

"确实如此,我当时就是做了自己想做的事情,换到了你的旁边。与我交换座位的那位男孩对此有些不解,但还是同意了。有一回,老师注意到了座位的变动,每当他点名点到我时,内心总会闪过一丝疑惑,因为他清楚地记得我叫德米安,按道理,名字以 D 开头的我不应与名字以 S 开头的人相邻而坐。然而,他可能也没有想太多,因为我看他的眼神十分坚定,以此淡化了他心中的疑虑。每当察觉到异常之处,他都会长时间地凝视我。我应对的方式却相当直接,那就是以坚定的目光回视他,这种直视常常使人深感不安,心绪不宁。如果你想要在某个人身上实现你的目标,可以尝试着注视他的眼睛。如果他没有丝毫动摇,那么你最好还是放弃吧,因为在他身上,你几乎不可能得到你想要的。不过,这种情况实属罕见,因为我仅遇到过一个对此毫无反应的人。"

"那个人是谁呢?"我好奇地追问道。

他微微眯起眼睛,陷入了沉思,随后,他又沉默地看向了远方。我尽力克制住自己的好奇心,没有再继续追问下去。

在我看来,他所提及的那位人物,极有可能是他的母亲。他们母子之间情感深厚,但奇怪的是,他从未提及过关于他母亲的任何细节,也从未邀请我去他的家玩。我甚至连他母亲长什么样都不知道。

有时，我会模仿德米安的方式，尝试着集中全力去完成自己的心愿。虽然我心急如焚，但每次尝试都以失败告终，始终未能实现我的心愿。我也未曾鼓起勇气向他坦露我内心的愿望，而他也从未问及。

此刻，我对宗教的信仰也开始动摇。在德米安的影响下，我的立场与那些无神论者有着显著的差异。他们中有人尖锐地批判我的宗教信仰，认为信仰上帝是荒谬的，是对人性的背离。他们嘲笑三位一体和玛利亚无玷受孕这样的故事，认为这些故事不过是宗教的笑话，如今还有人公开宣扬这样的信仰，简直是不可理喻。对于这些意见，我却无法苟同。尽管我对宗教抱有一定的疑虑，但我童年的经历告诉我，我父母所过的那种"虔诚的生活"十分体面，也十分真实。因此，我对宗教仍然怀有深深的敬意。德米安则教会我从自己的视角出发，充分发挥想象力，以轻松的态度去审视和理解宗教故事与教义。我非常喜欢聆听他对于宗教的阐释和理解，尽管他的某些观点（如该隐的故事）超出了我的接受范围。一次，在坚信礼的课堂上，他提出的一个令我惊愕不已的大胆见解。老师给我们讲了耶稣在各各他受难的故事，我被《圣经》中耶稣的经历深深触动。幼时的记忆中，父亲每逢圣周五都会讲述耶稣受难的故事，那些叙述总让我心灵受到触动，仿佛我已经穿越时空，亲临那既壮丽又苍凉的世界，目睹耶稣在客西马尼园的最后祷告，然后在各各他山上经历苦难而亡。每当我聆听巴赫的《马太受难曲》，我都能感受到那苦难与威严交织的神秘世界，这让我浑身战栗不止。时至今日，我仍然坚信这首曲子以及《上帝的时间是最好的时间》①都是诗歌乃至所有艺术形式的杰出代表。

　　课后，德米安若有所思地说："辛克莱，我不太喜欢这个故事，你再品读一下这个故事，便会觉得相当枯燥乏味。你知道的，我说的是那两个强盗的故事。想象一下，三个十字架矗立在山丘之上，多么壮观！然而，故事却将焦点转移到了强盗被宗教感化的情节上，这未免有些刻意。那个强盗，他曾经的恶行连上帝都知晓，如今却突然痛哭流涕，表演起浪子回头、改过自新的戏码。对于行将就木的人来说，忏悔又有什么用呢？这个故事就是一个劝善的神话故事，它华而不实，煽情且乏味，充满了说教意味。如果你现在要在两个强盗中选择一个作为朋友或信任之人的对象，你肯定不会选择那个哭着鼻子忏悔的人吧？没错，你会选择另外那个人，因为他比较有骨气。他对所谓的忏悔嗤之以鼻，即便他只用说上几句好话就可以获得救赎。他勇往直前，直到生命的尽头也没有向所谓的正义力量妥协。他是一个充满个性的人，

---

① 作曲家约翰·塞巴斯蒂安·巴赫创作的一部康塔塔。

但这样的人在《圣经》中往往命运多舛。或许,他应该也是该隐的后代,你觉得呢?"

我大为惊愕。我曾以为自己对耶稣受难的故事了解得十分透彻,现在看来,是我太过肤浅了。我之前经常听这个故事,但是没有进行太过深入的思考。德米安的这些观点确实新颖,但是太过邪恶,试图动摇我长久以来坚守的信仰。我不能接受这样的观点,更不能接受它质疑最神圣的上帝。

还未等我开口,他就敏锐地察觉到了我内心的抵触情绪。

"我理解你的疑虑。"他语气缓和地说,"这个故事都老掉牙了,没必要当真。但我要告诉你的是,你所信仰的宗教并非完美无瑕,还是存在这样或那样的缺陷。无论是《旧约》还是《新约》,上帝都被描绘为一个完美的形象,但这并非他全部的真实面貌。上帝是高贵、善良、圣洁的,他高尚、美好,能够洞悉世人的苦难,这些都毫无疑问。然而,这个世界还有另外一面,即邪恶的一面。对于世界的另外一面,人们总是刻意地对其进行掩盖和打压。人们尊上帝为生命之父,却试图抹杀性爱,将其视为一种罪孽。事实上,性爱才是生命的源头!我丝毫不反对人们对上帝耶和华的崇拜,但我认为我们应该对万事万物都保持敬畏之心,而不仅仅对那个神圣的世界顶礼膜拜。我认为人应当既敬神,也必须畏鬼,或者,人们可以塑造一个半神半魔的神祇。这样,看到一些

'不雅'的行为时,我们就不用羞愧地蒙上双眼了,因为那是人们最自然的生理冲动。"

说着说着,他一反常态,变得激动起来。言罢,他又笑了笑,不再向我灌输这些尖锐的观点。

德米安的那番话道出了我童年时的疑惑。那像个一直在我心中盘旋的谜团,但我未曾向他人说起。德米安对于上帝与魔鬼、神圣的世界与邪恶的世界的见解,竟与我的观点不谋而合。我所认知的世界也是由两个部分所组成的,其中一个世界象征着光明与正义,另一个世界则充斥着黑暗与邪恶。我恍然大悟,原来我的疑惑并非自己所独有,而是众生皆需面对与深思的课题。突然间,一股肃穆的阴影笼罩了我。当意识到自己的生活和思考与芸芸众生的命运联系在一起时,我心中不禁涌起敬畏与恐惧。意识到这一点,虽然也让我有了一些成就感,但我怎么也高兴不起来,心里涌起阵阵苦涩。因为这意味着我将告别童真,肩负起责任,独自前行。

我向他敞开心扉,告诉他我从小就觉得这个世界由"两个世界"组成,这是我人生中第一次如此坦诚地吐露内心深处的秘密。他很快意识到我们的想法是不谋而合的。然而,他并非那种喜欢借题发挥的人。他专注地聆听我的叙述,直直地凝视着我,以至于我不得不扭过头,躲避他炙热的目光。因为在那目光中,我又看到了他那超越凡俗的气质,以及不可思议的老成持重。

"我们还是下次再聊吧。"他轻声说,"你的想法挺多的。但我想告诉你的是,想法如果未曾付诸实践,那它的价值就会大打折扣。你应该很明白,你眼中的所谓的'公允的世界'只是这个世界的一个部分,但你同学校的老师和教会的人一样,也在试图去回避或掩盖那个'邪恶世界'。但我要告诉你,一旦你意识到了'邪恶世界'的存在,你就无法避开它了。"

他的话深深地刺痛了我。

"但是,"我尖声反驳道,"你也不能否认,世界上的确有为非作歹、不堪入目的事情发生。但是这些行为是明令禁止的,我们必须保持克制。总不能看到谋杀和犯罪,我也要尝试一遍,沦为罪犯吧?"

听我这样说,他宽慰道:"这个话题一时半会儿也说不清楚。当然,杀人、强奸这样的行为肯定是不对的。以你现在的年龄,或许还不能完全理解'公允'与'禁忌'的深刻含义。现在,你所了解的只是冰山一角;将来,你会逐渐明白它们的真谛,我对此深信不疑。举个例子,近一年来,你应该能感觉到青春期的性冲动开始在你身体里萌动。在某些文化中,'性冲动'可能被视为'禁忌'。然而,希腊和其他一些民族却将其视为神圣之事,并设有专门的节日来庆祝。换句话说,'禁忌'并非永恒不变的。当两个人在神父的见证下结为夫妻,他们之间的亲密行为便被视为合理。但在其他的民族和文化中,事情却不是这样的。每个人都需要为自己的行为找到'公允'与'禁忌'的界限。违反禁忌并不意味着一个人将会成为罪人,反之亦然。说到底,这是一个关于个人选择和独立思考的问题。有些人选择随大流,因为他们不想费心去思考或评判自己的行为;另一些人则根据自己的价值观和标准来行事,即使这些标准可能与世俗的观念相悖。因此每个人都要有自己的判断。"

他突然停顿下来,似乎意识到自己说得太多了。我能理解他的感受。他的态度还是像以前一样轻松,言谈间流露出一种愉悦。但是,就像他之前说过的,他并不喜欢那种毫无意义的空谈。他知道我对这类话题感兴趣,但更多地,我只是为了打发时间或者说享受闲谈的愉悦,并不是真正严肃地对待这个话题。

说到"认真严肃",我不由得想起我和德米安共同经历过的一件相当难忘的事情。

我们不久就要接受坚信礼了,最后几堂宗教课的主题是"最后的晚餐",教室笼罩着一种肃穆的氛围。老师们觉得这几节课的内容非常重要,为了让我们听懂,他们花了不少心思。然而,在这关键的时刻,我的思绪却不由自主地飘向了我的朋友德米安。参加坚信礼，意味着我将成为一名正式的基督信徒。然而，典礼之期愈近，我愈加深刻地感受到，这半年的宗教课于我而言，真正的价值并不在于我学到了多少教义知识，而是德米安对我产生的深远影响。我已准备好参加这一庄严的仪式，但不是为了加入教会，而是想成为思想与人格均独立的人，就像我的朋友德米安那样。

我努力抑制住这个新奇的想法，决定以庄重严肃的态度参加坚信礼。然而，尽管我极力压制，这个念头仍在我脑海里挥之不去，一想到举行典礼的日期临近，我的思绪愈发凌乱。我决定要以一种别具一格的方式来参与这个仪式，因为我深知，这不仅仅是一个宗教仪式，更是我融入一个新世界的开始，而这一切，都要归功于德米安。

一天，在上课前，我与德米安进行了一场激烈的辩论。然而，他却兴致不高，也不想多说什么，或许是因为我的想法太过自以为是且过于浮夸了。

"够了，不要再说了。"他严肃地说道，"你这样强词夺理毫无意义，你只是在逃避自己的内心，这是不对的。人应该像乌龟一样，完全蜷进自己的内心世界里。"

随后，我们走进了教室。课堂上，我尽力集中精神听讲，而德米安也并未打扰我。然而，没过多久，我感觉到一种莫名的空虚和冷寂，仿佛身边的座位冷不丁地变空了一样。这种感觉越来越强烈，让我忍不住转头看向他。

他端坐在那里，像平时一样，身体挺得笔直。然而，他的情绪和往常大不一样，具体我也说不上来，只觉得他怪怪的。我原以为他闭上了眼睛，但实际上他的双眼睁得大大的，眼神空洞而呆滞，仿佛正在沉思自省，又或者是在眺望着远处。他坐在那里，一动不动，仿佛连呼吸都停止了，嘴唇紧闭，面无表情，脸色苍白得如同雕塑一般，只有那一头棕色的头发在惨白的面庞上显得尤为醒目。他的手静静地搁在桌上，仿佛已经失去了所有的活力，像是一块泥土或是一颗果实般沉寂。确切地说，他更像是一个坚实的果核，外表平淡无奇，里面蕴藏着强大而隐秘的生命力。

看到他这样，我的心不由得颤动了一下。我在想，他是不是死了。我越想越害怕，差点儿叫出声来。但我很清楚，他还活着。我凝视着他的脸庞，它宛如一副褪去了血色的石膏面具。这就是德米安真正的模样！平日里，他同我散步聊天时，表现得左右逢源、谦谦有礼，不过是想掩饰他冷峻的一面而已。真正的德米安，冷静而深沉：时而像一头充满野性的动物，时而似一块坚硬的磐石；时而美丽，时而冰冷；时而生机勃发，时而死气沉沉。他身上由内而外地散发出一种虚无而孤寂的气质。

他已全然沉浸于内心世界之中。我惊恐至极，体验到了一种前所未有的孤独感。此刻,他仿佛身处世界边缘的某个孤岛,变得遥不可及,而我,根本就无法触及他内心的世界。

让我颇感意外的是,除了我,竟然没有人注意到他的反常举动。他超然象外的模样值得所有人驻足惊叹,为何却无人留意?他坐在那里,宛如一尊雕像,在我看来,更像一尊神像。即便苍蝇落在他额头,随后悠然自得地沿着他的鼻梁爬行至唇边,他也居然连眉头都不皱一下。

他神游到了哪里?他在想些什么?他感受到了什么?他的思绪是在天堂还是地狱?

我没法向他求证这些问题。直到快下课时,他终于呼了口气,我才觉得他还活着。当我们四目相对时,他又和以前一样了。他从何处归来?他之前究竟身处何方?他的脸庞再次焕发出光泽,双手也恢复了活力,然而他的神态显得相当疲惫,那一头棕发也变得凌乱不堪,失去了往日的色泽。

随后的几天,我在卧室里学着德米安的样子反复练习:我端坐在椅子上,两眼放空,一动不动。我想看看自己能够坚持多久,练习完后有何感受。然而,除了感到浑身乏力和眼皮刺痒之外,我没有任何感觉。

不久后,我接受了坚信礼。对此,我没什么特别深刻的印象。

但是我能感觉到周遭的一切都变了。纯真的童年世界已经不复存在，父母看我的眼神中有些许尴尬，姐妹们也不像往日般亲昵了。这种突如其来的变化，让曾经的欢乐也黯然失色。曾经茂盛的花园，如今不再芬芳；那令人神往的森林，也失去了往日的魅力。整个世界对我而言，如同一个旧货市场，黯淡无光，缺乏生机。那些曾经让我沉醉其中的书，现在看来不过是废纸一堆；那些曾经令我陶醉的音乐，现在也只是喧嚣的噪音。我就像是一棵秋天的树，生命正在逐渐消逝，眼看着树叶一片片地飘落，完全感觉不到雨水的浸润、阳光的温暖以及秋霜的寒意。然而，我并没有死去，我只是在等待下一个春日。

　　家人经过深思熟虑后，决定明年将我送到另一所学校念书。这将是我第一次远离家人，独自生活。在离别前的日子里，母亲对我格外温柔。我知道，这是她在提前向我告别。她试图在我心中留下美好的记忆，让我即便身处他乡，也能对这个家心怀眷恋与思念。与此同时，我的朋友德米安去外地旅行了，我又成了孤身一人。

第四章

贝雅特丽齐[①]

　　直到假期结束，我也没能和朋友德米安再见上一面。我的父母将我送到 S 城的一所寄宿中学，还特地嘱托一位老师对我多加关照。我不禁想，倘若他们了解到把我送到这里会让我陷入何种境地，恐怕会惊愕不已。

　　我常常在思考，我以后是否会成为一个好儿子、好公民，还是说我的天性会引导自己走向另一条道路？克罗莫的那次事件后，我曾试想要长时间地沉浸在父母的庇护中，眼看着就要成功了，结果还是被送到了这所寄宿学校。

---

　　① 在但丁创作的《神曲》中，贝雅特丽齐是但丁的引导者和灵魂伴侣，带领他游历了天国。

坚信礼结束后的那个假期里，我经历了一种前所未有的空虚与孤独。这种感觉挥之不去，在我今后的生活中，一直如影随形。令人讶异的是，面对即将到来的离家生活，我并未感到悲伤，为此我还有些惭愧。看到我的姐妹们伤心地落泪，我却一滴眼泪也流不出来。我曾是一个感性、善良的孩子，也十分擅长表达自己的情感。但如今，我完全变了，对外在世界无动于衷，专注于聆听自己的内心世界，思考着那些禁忌的话题，心中暗流涌动。在这短短的半年里，我长高了许多，虽然看起来瘦瘦高高的，内心还是相当稚嫩。随着孩童时期的稚气褪去，我意识到连我都开始厌恶自己，更别提其他人了。我常常怀念德米安，但有时也会怨恨他，是他让我看到生活中种种的丑陋面。

　　我初入寄宿学校时，便遭遇了冷漠与轻视。起初，同学们以我的与众不同为笑柄，后来则完全忽视了我，认为我性格古怪、孤僻且难以相处。然而，我却欣然接受他们对我的偏见，愈发特立独行。表面上，我表现得桀骜不驯，充满男子气概，但内心深受无人理解的苦楚和绝望的折磨。在学校里，我发现自己只需运用以往的知识便能轻松应对学业，因为这里的课程相较于我之前所学的稍显滞后。渐渐地，我开始对班上的同学心生鄙夷，觉得他们就是一群心智不全的孩子。

时光匆匆，一晃眼已过去了一年有余。在这期间，我虽然几次返乡回家，但家中仍旧是老样子，这反倒让我更渴望回到学校。

转眼已经到了十一月初。无论天气如何，我都会选择外出漫步，或凝神，或沉思，有时会心生忧虑，有时又会对社会的不公、自己的处境心生不满，这样的散步总是能让我觉得内心十分充实。一天，我在街头散步，正值傍晚，周围雾气缭绕。我抬头看到前方公园门户大敞，宽广的林荫道上寂静无声，仿佛在邀请我踏入这未知的空间，去探索其间的奥秘。路面积了一层厚厚的落叶，我恶作剧般地用脚将其踢到一边。脚下，树叶散发出潮湿、苦涩的味道；远处，树木在雾中若隐若现，像是巨大的幽灵，缓缓在雾中显露出它们的轮廓。

我伫立在道路的尽头，不知道接下来往哪儿走。我看着脚下那一堆潮湿、发黑且开始腐烂的树叶，欣喜万分，随即贪婪地呼吸着腐烂树叶的味道。这是死亡的气息，与之相比，生命是何等的乏味！

就在此时，旁边的小径上走来了一位行人，微风中，他的雨衣轻轻摇曳。我刚要迈出脚步，他便叫住了我。

"你好，辛克莱！"

待他走近，我才认出他是我们班年龄最大的那位同学——阿尔方斯·贝克。虽然他时常以长辈自居，对我和其他的年轻同学冷嘲热讽，但除去这点，我对他并不反感，甚至还有些欣赏。他体格健壮，连老师都对他礼让三分，因此在学校里流传着许多关于他的传说。

"你在这儿忙些什么呢？"他语气中带着一丝长辈的威严，但不失友善，"我猜，你一定是在独自吟诗吧？"

"我可没那个闲情逸致。"我生硬地回复道。

他听后哈哈大笑，随即走到我身旁，打算与我闲谈几句。然而，对于他这种突如其来的亲近，我却感到有些不太习惯。

"辛克莱，别以为我不懂。在迷雾缭绕的夜晚漫步，确实容易让人沉浸于淡淡的秋思之中，进而迸发诗意，这点我是能理解的。通常这种时候，人们会感叹万物的凋零，缅怀逝去的青春年华，这是人们自然的情感流露，海涅[①]就是这样。"

"我可不是那种多愁善感的人。"我反驳道。

"好吧，就当我没说。不过，我觉得这样的天气很适合找个安静的地方，坐下来品一杯小酒。你愿意陪我一起吗？我正缺个伴儿。当然，若你希望保持一个好学生的形象，不想来的话也没关系。"

[①] 海因里希·海涅（Heinrich Heine，1797—1856），是德国19世纪重要的抒情诗人和散文家，被誉为"德国古典文学的最后一位代表"。

没过多久，我们便在城郊的一家酒吧内相聚，手中握着沉甸甸的玻璃杯，喝着劣质的葡萄酒。虽然我不太习惯这种口味，但我还是被其新奇的口感所吸引。不久，在酒精的作用下，我变得愈发健谈，仿佛尘封已久的心终于开了一扇窗。我已经许久没有如此畅所欲言了，思绪如泉水般涌出，我甚至开始口无遮拦地讲起该隐和亚伯的故事了！

贝克饶有兴致地听着，我终于找到了一个可以倾诉心声的人！他拍了拍我的肩膀，称我为"鬼才"。我内心激动不已：终于可以放飞自我，可以畅所欲言地与人交流了！我感觉得到了前所未有的理解和认同，这份来自比我年长之人的赞赏让我觉得自己十分有价值。"鬼才"这个赞誉如同一杯甘甜的烈酒，瞬间温暖了我的心房。整个世界仿佛焕然一新，我的思绪如岩浆般迸发，兴奋之情如火焰般在我全身燃烧。我们畅谈着，从老师到同学，从希腊文化到异教徒，仿佛有说不完的话题。贝克对我个人的艳遇经历颇感兴趣，希望我能够分享一二。然而，面对这一突如其来的要求，我瞬间语塞。我根本就没有什么艳遇，谈何分享。那些风流韵事，我曾幻想过，也曾纠结过，但是我从未放纵过，即便是借着酒劲，我也对他只字未提。贝克十分了解女孩子，当聆听他的猎艳故事时，我内心不禁涌起一阵悸动。他叙述的某些细节在我听来难以置信，在他口中却是那样的自然而然、稀松平常。贝克虽然只有十八岁左右,但他的情感经历十分丰富。他曾这样告诫我:"和小女孩们玩固然很好,她们不要别的,只要你对她勤献殷勤即可,但是你很难和她们有实质性的进展;那些成熟的少妇就不同了,她们要实际得多,也更容易得手。比如,学校旁边文具店的老板娘雅阁特夫人,在店面里,她与我们侃侃而谈,但背着大家做了什么事情,恐怕只有她自己知道。"

我坐在那里,听得目瞪口呆。虽然我可以肯定地说,我并不会对雅阁特夫人产生任何情愫,但他的叙述的确令人震惊。对于那些年长的学生来说,这些故事或许是他们快乐的源泉,但我从未有过这样的幻想。有一点让我难以苟同,贝克描绘的爱情比我所理解的更为平淡和粗俗。然而,这就是真实的世界,这就是现实生活中的爱情。对于我身边这位久经情场的人来说,这是再正常不过的事了。

我们谈兴渐弱,话题也少了。我已经不再是那个机智过人的"鬼才",而是一个听大人唠嗑的少年。但不管怎样,与过去几个月的生活相比,今晚的经历显得尤为珍贵和美好。更令我感慨的是,我逐渐觉察到,无论是在酒吧酗酒还是这些桃色话题,似乎都是平日里所禁忌的。然而,在这一刻,我感受到了前所未有的释放,品味到了叛逆的滋味。

对于那晚的情景,我记忆犹新。在昏暗、湿冷的夜色中,我们两人借着昏黄的路灯，缓缓前行。那是我人生中第一次醉酒，虽然身体不适、狼狈不堪，内心却涌动着一种难以言喻的激动与甜蜜，这让我真切地感受到了一种叛逆与放纵交织的感觉。贝克虽然一路上不停地抱怨我酒量差，但他仍然细心地照顾我，半扶半抱地将我从宿舍走廊的窗户扶了回去。

昏睡半晌后，我从沉睡中清醒过来，只觉得头痛欲裂、失落不已。我坐起身，身上还穿着白天那件衬衫，环顾四周，只见衣服和鞋子散落一地，空气中弥漫着烟草与呕吐物的味道。我头痛难耐，口干舌燥，一阵干呕。然而，在这混沌之中，我的眼前却浮现出了久违的画面：那是我故乡的宁静风光，是我家的温馨宅院，是父母和姐妹们在花园中欢聚的场景，是我安静舒适的房间，是母校熟悉的建筑，是市场热闹的喧嚣，还有我与德米安在坚信礼课堂上的庄严时刻。这些回忆如同清澈的溪流，缓缓地从光明的世界中流淌过来，这一切都显得如此神圣、纯洁而美好。然而，在这一刻，我意识到，这些曾经属于我的美好，如今都已经离我远去。它们不再属于我，已经被诅咒尘封在我的记忆海洋的最深处。我感觉自己被那个"光明的世界"所抛弃、鄙夷和厌恶了。我所珍视的一切——母亲的每一个亲吻，与家人共度的每一个圣诞节、每一个虔诚而明亮的礼拜日，以及花园里绽放的每一朵花——都是我遥远而灿烂的童年时代的宝藏，如今却被我亲手丢弃，甚至随意践踏。如果一众宗教信徒突然闯入，将我的手脚一并绑起，将我当作祭品或罪人送上绞刑架，我也会理解，甚至欣然接受。因为他们说的一点儿也没错，我的罪证确凿。

不错，这就是我内心的真实想法！我，放荡不羁，视世间万物如无物！我，自命不凡，紧紧追随德米安的足迹！这就是我，一个畜生、人渣，一个醉生梦死的酒鬼！我就是一只被邪恶欲望驱使的野兽，恶心且卑劣！我曾经来自一个纯净、光明且宁静的花园，那时的我沉醉于巴赫的旋律，钟情于优美的诗篇。然而现在，我的耳畔一直回响着自己那断断续续、酒气沉沉、恣意放纵的笑声，这让我深感厌恶与愤怒。原来，这就是我真正的模样！

不论如何，承受苦难对我来说也是一种享受。长久以来，我独自在黑暗中摸索前行，将沉寂已久的心封藏在角落里。然而此刻，即便是自责和恐惧这些令人不安的情绪，也让我心生慰藉。毕竟，这些都是真实的感觉，它们在我心中点燃了一团火焰，让我麻木的心感受到了刺痛的滋味。在痛苦的遭遇中，我竟体会到了一种解脱和重生的感觉，着实让我惊讶不已。

在外界的眼中，我似乎已经走上了堕落的道路，频繁出入酒吧，饮酒作乐。在学校里混迹酒吧的群体中，我是最年轻的一位。我不再是酒场新手,而是已经在酒友圈崭露头角,引起了大家的瞩目,成为一名臭名昭著的酒鬼。我彻底回归了那个黑暗的世界,与恶魔为伍,在这个世界,我可是一名响当当的人物。

但是,我的内心却十分苦闷。这种自暴自弃的酗酒行为确实给我带来了片刻欢愉。在学校,同学们夸我机智、聪明,我很快就成了"孩子王"。但在我的灵魂深处,却是一片怯懦和恐惧的海洋。在一个周日的清晨,当我从酒馆中走出,看到孩子们穿着漂亮的衣服,梳着整齐的发型,在街头嬉戏玩耍时,我的心中涌起一股难以名状的哀伤,泪水不禁夺眶而出。当我和朋友们在狭窄酒馆里,围着脏兮兮的桌子发泄不满、高谈阔论时,我常常用粗俗的语言嘲笑或恐吓他们。但在我内心深处,我对那些被我嘲笑的事物充满了敬意,并在灵魂深处向过往、向母亲、向上帝哭诉,表达我的忏悔。

我感觉很难和小伙伴们打成一片,因此常常觉得十分孤独,痛苦不堪。因为我在他们心中似乎只是酒馆里的豪客,一个善于博人眼球的小丑。我常常嘲讽老师、学校、父母和教会,以彰显自己的勇气与不凡。我乐于听他们讲那些粗俗的笑话,有时候自己也会讲上一两段。然而,每当他们追求女孩子时,我从不去凑热闹。虽然我表面看起来是个风流倜傥的浪子,但实际上,我内心深处是孤独的,我真诚地向往着爱情，却常常感到无望。在他们中间，我可能是最脆弱、最害羞的那个人。每当看到街上年轻的女孩们从我面前走过，我都认为她们那美丽、整洁、活泼而优雅的身影，对我来说就像是最无瑕的梦想，比我见过的任何珍宝都纯净百倍。有段时间，我甚至不敢走进雅阁特夫人的小店，每次见到她，我都会想起阿尔方斯·贝克讲的故事，脸上不由自主地泛起红晕。

在新集体中，我常常感到孤独，觉得自己就是个另类，但是我很难跳出这个怪圈。我开始反思，酗酒和吹嘘这些行为是否真的给我带来了快乐与满足。实际上，我的酒量一直都很差，每次醉酒后，我都觉得十分痛苦。酗酒取乐也是不得已而为之，因为除此之外，我根本不知道自己该做些什么。我害怕孤独，害怕自己变得羞怯、柔弱，还害怕会对别人产生爱意。

其实，我内心最渴望的，是一份真挚的友情。在学校里，我确实对几位同学抱有好感，他们品行端正、性格纯良。但我早已经是恶名昭著，因此他们总是与我保持一定的距离。在他人眼中，我就是一个玩物丧志、游离在犯罪边缘的浪子。老师们对我的恶行也早有耳闻，经常对我进行严厉的批评和惩罚，或许今后被学校开除也是大家意料之中的事。我深知，自己早已不再是那个令人骄傲的好学生，现在的我也只是在得过且过、自欺欺人而已，但我明白，这样下去并不是长久之计。

上帝会让人陷入孤独，然后引导人们了解自我，而我，就处于这种自我认知的阶段。这一切就像是一场噩梦。梦境中，我匍匐在一条污浊、湿滑、布满泥泞的小路上，身下到处是啤酒瓶碎片，我则趴在玻璃碎片上整夜恣意闲谈。我还做过一个梦，梦中我化身骑士，踏上寻找公主的旅程，却不慎误入了一条充满恶臭、垃圾遍布的阴暗小巷。如今，我正是这样的状态，孤独而无助。我与我纯真的童年之间，隔着一扇紧闭的伊甸园之门，门前的守卫冷酷无情，不容许我稍有靠近。此刻，我又开始怀念起曾经的自己，怀念起曾经的纯真岁月。

收到学校的警告信后，父亲急忙赶到了学校。这是他第一次突兀地出现在我面前，让我措手不及，着实吓了一大跳。那年年末，他再次来到学校时，我显得更为平静，哪怕他对我多番训斥、恳求，甚至搬出母亲来规劝我，我都无动于衷。最终，他愤怒至极，严厉地警告我，若我仍不悔改，将会被学校开除，甚至会把我送进少管所，而我不以为意。当他探访结束，准备离开时，我竟对他感到一丝同情，显然他现在已经拿我没什么办法了。但也有那么一刹那，我觉得他是罪有应得。

至于我将来会如何，我已经不在乎了。我每天流连于酒馆中，自吹自擂，以此来对抗这个世界。虽然听起来有些奇怪，饮酒也并非我所长，但这就是我表达抗议的方式。我已学会了自暴自弃，也时常会想：如果这个世界不需要像我这样的人，没有我们的容身之处，不能赋予我们更崇高的使命，那就让我们毁灭掉吧，这将是所有人的损失。

那一年的圣诞节，我们全家都过得很不开心。重逢之际，母亲看到我的模样，惊愕不已。尽管我长高了不少，但骨瘦如柴，面容憔悴，皮肤松弛，双眼红肿。嘴角刚长出的胡须和新配的眼镜，都让她觉得十分陌生。姐妹们纷纷退到一旁，暗自窃笑，那笑声在我听来十分刺耳。此后，无论是与父亲在书房的交谈，还是向亲友的问候，抑或圣诞夜的仪式，都让我感到不快。打我记事起，圣诞节就是我们家里最盛大的节日，总是洋溢着关爱与感恩的气氛，是我与父母亲情的纽带。然而，今年的圣诞节却充满了压抑与尴尬。父亲依旧在诵读《圣经》中关于牧羊人的故事。姐妹们也如往年般，笑容满面地站在各自的礼品桌后。但父亲的声音中透露出不悦，面容苍老憔悴，母亲也带着哀伤的神情。我觉得整个氛围都显得特别尴尬。那些礼物、祝福和圣诞树，都似乎失去了往日的色彩。姜饼的香气依旧浓郁，唤起我们幸福的回忆；那棵圣诞树依旧芬芳，却让我再也回不到曾经的快乐时光。我只期盼这个夜晚，以及整个假期能尽快过去。

那个冬天无比漫长。不久前，我收到了教导处的严厉警告，他们甚至暗示，如果再犯同样的错误，我就会被勒令退学。我应该也在这学校待不久了，随便吧。

这段时间，我对德米安一肚子怨气。到现在为止，我还没和他再碰过面。我初到 S 城上学时，给他写过两封信，但没有收到他的任何回音。因此，即便现在放假，我也不想主动去找他。

春天的脚步悄然而至，万物复苏，荆棘树篱上泛出一丝嫩绿。就在去年秋天我与阿尔方斯·贝克相遇的那个公园里，我遇到了一位姑娘。当时，我在公园中漫步，心中十分苦闷。原因是我身体状况不佳，经济上也愈发拮据，甚至欠下了同学不少债务。此外，我还在多家店铺赊账，购买了大量的烟酒等物品。我不得不编造各种理由，向家中寻求经济支持。在事情还没有败露之际，如果我选择溺水自杀或者被遣送到少管所，就不用为这些琐事而忧虑了。但我现在每天都得面对这些事情，这让我备受折磨。

在一个明媚的春日里，我在公园中偶然遇见了那位迷人的年轻姑娘。她身姿高挑，举止优雅，衣着精致，面容聪慧且充满灵气。我即刻对她心生好感，她完全是我心中的理想类型。我默默看着她，不觉浮想联翩。她与我年纪相仿，却散发出一种超越年龄的成熟与优雅，身材曲线已初具韵味，风姿绰约。然而，她的脸上仍保留着些许稚嫩和英气，这种独特的魅力深深打动了我的心。

我从未鼓起勇气去接近我心爱的女孩，这次自然也是如此。然而，她给我留下的印象尤为深刻。我沉醉其中，无法自拔。

她仿佛是从画作中走出来一般，高贵而优雅。啊！我内心从未产生过如此强烈的渴求，也从未对别人如此倾慕！我称她为"贝雅特丽齐"，尽管我没有读过但丁的《神曲》，但是我珍藏过一幅英国拉斐尔前派[①]的复制品。画中的人物便是贝雅特丽齐，她四肢纤细，身姿挺拔，双手纤柔，容貌超凡脱俗。尽管我心仪的那位女孩与画中人物有着相似的曼妙身姿，面部神情也颇有几分神似，但她们之间仍有着微妙的差异。

我和贝雅特丽齐从未有过言语交流，但她在我心中留下了深刻的印记。她的出现如同一道神圣的光芒，让我皈依神殿，虔诚地祈愿。遇见她后，我便不再沉沦于酒馆，彻夜不归。我重新回到了独处的宁静中，重拾起阅读和散步的爱好，

---

① 拉斐尔前派是一个在19世纪中期兴起的英国文化团体，其作品基本上以写实的传统风格为主，对19世纪的英国绘画界产生了很大的影响。

让心灵得到滋养和净化。

这一突如其来的转变引来了一些人的嘲笑和不解。然而，我并不在乎这些外界的声音。因为在我心中，我有自己爱慕的对象和新的动力。我的生活因此充满了希望，更增添了许多神秘的色彩。我彻底拜倒在她光辉形象下，成为她的倾慕者和追随者，我乐在其中。

每当回想起那段时光，我便心怀感激。我竭尽全力在自己濒临崩溃的人生中，构筑起另一个"光明的世界"。为此，我必须彻底摒弃内心的黑暗与邪恶，跪伏在诸神面前，祈求光明永驻。这一个"光明的世界"是由我自己创造出来的，它不是昔日母亲温暖的怀抱，也不是逃避责任的避风港。我的内心也不自觉地涌动起一股责任感和义务感。青春期性意识的萌动一直困扰着我，我也只能一直逃避。如今，在这神圣的火焰中，性升华成了精神与虔诚，所有阴暗和丑陋的思绪都为之遁形。我将不再彻夜哀叹，不再为淫秽的图片所动摇，不再偷听那些不堪入耳的事物，更不会让任何色欲占据我的心房。相反，我将在情感的祭坛上供奉贝雅特丽齐的肖像，献身于她，献身于上帝！我挣脱了恶魔之手，将自己的全部献给这光明的世界！我人生追求的不再是片刻的欢愉，而是纯粹的自我；不再是简单的幸福，而是永恒的美好与智慧！

贝雅特丽齐彻底改变了我的生活轨迹。我从昨日的轻浮少年，蜕变为一个潜心修行的信众，心中怀揣着成为圣徒的崇高梦想。我毅然决然地抛弃了昔日放纵的生活，矢志要将一切变得纯净、高尚且庄重。在生活的各个方面，我都变得谨慎而深思熟虑。早晨起床，我坚持用冷水沐浴，尽管这对我来说是个挑战，但后来我也渐渐习惯了。我的举止变得庄重而肃穆：站立时，我挺直脊背；走路时，我的步伐缓慢而沉稳。或许在他人眼中，我的行为有些做作，但对我来说，这是我对上帝最真挚的敬仰和尊奉。

在这些新的转变中，有一项尤为重要，那就是我开始画画了。这么做的初衷，是因为那幅英国的贝雅特丽齐像并没有完全捕捉到我心爱之人的神韵，于是，我想自己把她画下来。前阵子，我分配到了一个单间，我满怀热情地购买了优质的画纸、颜料和画笔，将它们放在房间里。我精心地摆放了调色板、玻璃杯、瓷碟和铅笔，准备开始我的创作。当看到那些精致的颜料，尤其是倒在白色碟子中闪闪发亮的浓铬绿时，我内心充满了欢喜。

我小心翼翼地动起笔来。脸不太好画，我决定先从其他部分开始，如装饰品、花朵以及我想象中的背景：一棵教堂旁的树，一座被青翠柏树环绕的罗马桥。有时，我完全沉醉在绘画中，仿佛变成了一个尽情挥洒颜料的孩子。这一切都画好后，我开始描绘我心中的贝雅特丽齐。

刚开始的几幅都没画好，我只能将它们扔在一旁。我越想还原邂逅的那位少女的面容，就越画不好，最后，我只得根据自己的想象来作画，让画笔和颜料自由地挥洒。随后，我画出了一张如梦似幻的脸庞，对此我颇为满意。我决定继续以这种方式作画，随着时间的推移，画中她的面容逐渐变得清晰，更加贴近我心中的形象，只不过与她真实的模样可能相去甚远。

画着画着，我越来越得心应手了，即便没有模特，我也能凭借自己的潜意识，用充满梦幻色彩的笔触自由地勾勒线条，肆意挥舞着彩笔。就这样，不知不觉中，一幅画作悄然完工。画中的那张脸比我以往的任何作品都要摄人心魄。虽然它不是那个女孩的脸，而是某个虚幻的人物，但这并不影响它的价值。我笔下的这张脸，早已不再是那位少女的容颜，反而更像是一个少年的脸庞，头发也不是那位美丽姑娘的浅黄色，而是红棕色。下巴线条分明，双唇鲜艳如血，但整张脸显得有些僵硬，就像是一副冷峻的面具。但它充满了神秘的气息，让人印象深刻。

我坐在这幅画作前，心里有一种异样的感觉。它仿佛不是一幅画作，更像是一尊神圣的雕像或面具。它超越了性别的界限，也超越了年龄的束缚，看起来既真实又梦幻，既呆板又生动。这幅画似乎想要向我述说着什么，又仿佛在召唤着什么。它很像一个人，我却说不出它到底像谁。

那段时间，我脑袋里装的都是这幅画。为了避免引起他人的注意和嘲笑，我把它藏在了抽屉里。然而，每当独处时，我总会不由自主地取出它，好让它陪陪我。夜幕降临，我会将它挂在床对面的墙上，让它伴我入睡。第二天早上，我一睁开眼也能看到它。

我仿佛回到了童年，晚上开始做各种光怪陆离的梦。我已经很久没有做过梦了，但现在，梦境重新回归，只不过梦到的画面完全不同了。我常常梦到那幅画中的人物，她与我侃侃而谈，说不清是敌是友；有时她喜欢调皮捣蛋；而有时，她又显得美丽动人、温婉高贵。

一天清晨，当我从梦境中醒来时，我突然认出了画中的那个人。她看起来既亲切又熟悉，仿佛在呼唤着我的名字。她应该认识我、了解我，并且一直默默地关注着我。我心跳加速，端详着画中那棕红而浓密的头发、中性的嘴唇，以及那饱满光亮的额头。我感觉她越来越熟悉，还差一点儿就能认出她了。

我从床上一跃而起，走到那幅画像前，近距离地观察着她。我凝视着那双淡绿而深邃的大眼睛，右边的眼睛似乎比左边的稍高一些。突然，她右眼的眼皮轻微地抽动了一下，尽管幅度很小，但是我还是看到了。就在那一刻，我终于认出了这幅画中的那个人……

这是德米安的脸！为何我之前没有察觉到呢？

我将它与记忆中德米安的容貌细细对比，发现他们虽然相似，但并非完全一致。然而，无可否认的是，这幅画上的人就是德米安。

初夏的傍晚，夕阳西下，火红的余晖照亮我的窗棂，屋内笼罩在一片红晕之中。我突然心血来潮，将那张描绘着贝雅特丽齐或德米安的画像，轻轻地固定在窗框之上，想看看会有怎样的变化。暮光中，他的脸庞已变得模糊，但那泛红的眼眶、熠熠生辉的额头以及火红的嘴唇，都显得格外夺目。夜色逐渐降临，我仍久久地凝视着他。我渐渐意识到，这幅画像既不是贝雅特丽齐，也不是德米安，他就是我自己。尽管他与我的外貌不尽相同——也不必相同，但他代表着我的内在世界、我的命运轨迹，甚至是我内心深处的恐惧与渴望。若我结识了新的朋友，他就应该长这样；若我邂逅了生命中的挚爱，她也应该长这样。我交什么样的朋友，与谁恋爱，这些其实从一开始就已经注定了。

前段时间，我正在读一本书。在我的阅读生涯中，鲜少有书籍能像这本书一样让我印象深刻。当然，尼采的作品除外。这本书叫《诺瓦利斯[①]作品选集》,尽管我对其中的许多内容还只是一知半解,但其仍令我深深着迷。我特别钟爱书中的一句话,甚至将它抄录在我珍爱的画作下面:"命运与性格其实是同一概念,只不过名称不同罢了"。现在,我已深刻领悟了这句话的精髓。

那位名叫贝雅特丽齐的女孩,我后来与她相遇过多次,然而我心中再无任何波澜,只觉得她温柔脱俗。我深知,她已融入我的生命,成为我不可或缺的一部分,但那只是画上的她,而非真实的她。

我对德米安的思念却日渐浓厚。这些年来,我未曾听闻他的任何消息,仅在假期中与他见过一面。出于愧疚和自负,我没有记录下那次短暂的会面,我姑且在这里补上吧。

一个假日,我在家乡的小镇上闲逛。由于我那段时间频繁出入酒馆,满脸倦意。沿途,我挥动手杖,对周围的市民投以不屑的目光。这时,我的老朋友走了过来,我顿时心生怯意,脑海中不禁浮现出弗兰茨·克罗莫的身影。我希望德米安已经忘却了曾经的那段插曲。每当想起我欠他的人情,我的内心便感到十分不自在。尽管那不过是孩童时恶趣味的"游戏",但我仍然对他感到愧疚。

[①] 诺瓦利斯(Novalis,1772—1801),德国浪漫主义诗人,被誉为"蓝花诗人"和"浪漫主义之王"。

我故作镇定地和他打了个招呼,随后,他主动伸出了手。我握住他的手,那手掌坚定而温暖,充满了男性魅力。

他凝视着我的脸庞,说道:"辛克莱,你长大了。"他却还是老样子,既老练又年轻,仿佛时间并未在他身上留下痕迹。

他与我结伴而行,我们聊着一些不咸不淡的话题,就是没提当年。我想起来,之前给他写过那么多封信,结果全然没有回音。唉,希望他忘了那些傻乎乎的信吧!还好,他对此也只字未提。

那时,我还没有遇见贝雅特丽齐,也没有画画,正是人生中最颓废的时期。到了城郊,我请他和我去酒馆,他答应了。我故作豪气地叫了一大瓶酒,帮他把杯子斟满,碰杯后便做出一副酒场老手的模样,一饮而尽。

"你常来酒馆吧?"他问。

"哦,是的。"我心不在焉地回答,"不然呢?还有什么比喝酒更有趣?"

"你真的这么认为?这里的氛围确实不错,能让人忘却烦恼,肆意狂欢。但是我觉得,那些沉醉于酒馆的人恰恰体会不到喝酒的乐趣。沉溺其中,反而会降低我们的生活品位。诚然,借着摇曳的烛光,畅饮至深夜,看似是一种极致的享受。但你是否想过,难道像浮士德一样日复一日地买醉就是

第四章 贝雅特丽齐

生命的意义所在吗？"

我举起酒杯，一饮而尽，然后瞪了他一眼，反驳道："当然不是，并不是每个人都是浮士德。"

他似乎有些意外，目光在我脸上停留了片刻，随后露出了他那标志性的笑容，那笑容中充满了自信和优越感。

"好吧，咱们就此打住。我承认，那种放荡不羁、纵情酒色的生活确实要比寻常百姓按部就班的生活更有吸引力，我也从书中读到过，放纵享乐也是一种修行的方式。圣奥古斯丁就是个典型的例子，曾经的他放荡不羁，后来也成了圣徒。"

我压根儿就不信，也不想被他的观点所左右，便傲慢地说："你说得没错，每个人都有自己的选择和生活方式。但对我来说，我从未想过要成为什么圣徒。"

德米安眯起眼睛，仿佛已经洞悉了我内心中的真实想法。

"亲爱的辛克莱，"他语气平缓地说，"我并不想与你争吵。至于你为何选择坐在此处借酒浇愁，或许你我都不甚明了，你的内心自有答案。你要明白，我们的内心深处都住着一位智者，他洞悉一切，且行事妥帖。不过，此刻我必须回家了，抱歉先走一步。"

德米安匆匆告别。我独自坐在那里，心中十分烦闷，便将杯中的酒一饮而尽。临别时，我注意到德米安已经为我支付了账单,这反而使我更觉恼怒。

这件小事让我陷入了沉思,我的思绪完全被德米安占据。他在城郊酒吧中的那番话回荡在我的脑海中,挥之不去——"你要明白,我们的内心深处都住着一位智者,他洞悉一切……"

我是如此思念德米安!我失去了他的消息,也联系不到他,只知道他高中毕业后便和母亲离开了这里,现在可能在哪个大学读书。

我回忆起和德米安之间的种种,一直追溯到我和克罗莫那段不堪的过往。他说过的话,至今在我耳畔回响,依旧鲜活而有意义。上次的那次会面虽然不是很愉快,但是他那番"浪子与圣徒"的言论,此刻在我的脑海中清晰浮现。他说的不就是我吗?我也曾在污秽中沉沦,在酒精中麻木,然而,一股新的力量悄然觉醒,它唤醒了我内心深处的另一面,激起了我对纯洁与神圣的向往与追求。

我继续追忆往事,窗外已是一片漆黑,细雨绵绵。雨声如同悠扬的旋律,勾起了我的童年回忆。我记得那也是个下雨天,德米安在板栗树下,向我问起克罗莫的事情,他猜到了我内心的秘密。记忆的闸门缓缓打开,我想起了我们上学路上的欢声笑语,上坚信礼课时的温馨时光。再后来,我想起与德米安的初次相遇。那是怎样的一个场景呢?我一时有些恍惚。我沉浸在回忆的海洋中,渐渐地,那些画面在我的脑海中变得清晰起来。我们站在家门口,他刚为我讲完那引人入胜的该隐故事,然后我们的话题转向了门口拱心石上那枚锈迹斑斑的盾徽。他对此颇感兴趣,认为人们应该更多地关注这些富有历史意义的事物。

那天夜晚,我梦到了德米安和那枚盾徽。这枚盾徽如附了魔法般,时而小巧玲珑,时而硕大无比;时而单调苍白,时而五彩斑斓。德米安握着它,告诉我尽管其外观千变万化,但其本质始终如一。随后,他强迫我咽下这枚盾徽。我吞下了它,只觉盾徽上的那只雀鹰在我体内慢慢苏醒,它填满我的身体,然后开始吞噬我。我感到深深恐惧,从梦中惊醒。

当我睁开眼时,已是深夜,雨滴敲打着地板,发出噼啪的声响。我起身去关窗户,不小心踩到了一个白色的东西。直到次日清晨,我才发现那是我的那幅画,画纸被雨水打湿贴在地上,变得皱巴巴的。我在上面盖上一层吸水纸,然后将其夹在一本厚重的书中。等到第二天,画已完全干透,但形状已严重扭曲,原本鲜艳的红唇被雨水漂白,画纸也更薄了。有趣的是,那褪色的嘴唇竟然与德米安的惊人地相似。

我打算再作一幅画,将盾徽上那只鸟画下来。由于岁月的侵蚀和反复地涂漆,我已经无法清晰地回忆起它原本的模样。即使我试图近距离观察,也无法捕捉到它具体的细节。

我依稀记得，那只鸟像是栖息在某个东西上面，有可能是花朵、鸟巢或是树冠。然而，我并不纠结于这些细节，而是根据我脑海中的记忆开始动笔。不知为何，我特别渴望使用浓烈、明亮的色彩，于是鸟儿的头部涂成了金黄色。就这样，我随心而画，不久后便完成了这幅作品。

画中的鸟，有着雀鹰般轮廓分明的外形，看起来十分凶猛。它身体的一部分被黑色的球体所遮挡，仿佛在奋力地挣脱蛋壳的束缚。我凝视着它，感觉它与我梦中那只色彩斑斓的盾徽上的鸟很像。

尽管我知道德米安的地址，我也不会给他写信。但是我有种冲动，想要把这幅画寄给他。他是否能收到，都已无关紧要。我没有在画上留下任何字迹，甚至连署名都没有。我仔细地裁了裁边，将其装入一个大大的信封中，并写上了德米安之前的地址，然后将这幅画寄了出去。

考试临近，我全身心地投入到了学业之中。鉴于我展现出的改变和进步，老师再次给予了我接纳和信任。尽管我现在可能还未完全达到优秀学生的标准，但与半年前那个面临开除风险的我相比，已经有了翻天覆地的变化。

父亲又给我寄来了家书，字里行间透露着平和的气氛，他不再对我进行苛责和威胁。但是，我并不愿与人分享我是如何改邪归正的。这种转变虽符合父母和师长们的期待，但实则出自偶然。我与他人的关系也并未因此变得更亲密，相反，我变得更加孤独了。这种转变最开始是因为贝雅特丽齐，之后，我沉浸于自己的绘画和对德米安的思念中，便渐渐忘了她。再后来，是因为德米安，只不过那时他远在异乡，当时我又有些心烦意乱，所以对此并无察觉。我生来孤僻，内心的梦想、希望以及心境的转变，很少有人会愿意倾听。

更何况，我压根儿也不想向任何人倾诉。

第五章
鸟儿争出壳

那幅画作寄出去不久,我就收到了一个非常奇怪的回复。

一天,课间休息时,我发现我的书本中夹着一张纸条,和同学们在课堂上悄悄传递的纸条样式一模一样。我有些好奇,不知道是谁递给我的,因为我与班上同学的关系还没好到这种程度。最初,我觉得这应该是某个同学的恶作剧,不去理睬便好,便将它塞回我面前的书堆中。但是上课时,我的手又不由自主地摸到了那张纸条。

我拿起纸条,二话不说将其打开,发现里面有几行字。我扫了一眼,很快被其中一个词吸引了,心不由自主地颤动起来。读着读着,我的心似乎被寒雾笼罩。只见上面是这样写的：

"这只鸟儿拼尽全力，想要从蛋壳中挣脱出来。这蛋壳，就是我们所处世界的真实写照。若想要获得新生，就需打破这世界的桎梏。这只鸟儿将振翅高飞，飞向神的怀抱，神的名字叫阿布拉克萨斯。"

我反复阅读这段文字，不禁陷入了深深的思考。这字条一定是德米安写给我的。除了我和他，无人知晓这鸟儿背后的故事。他收到了那幅画，理解了其中的含义，还给出了自己的解读。但是，这段话到底是什么意思呢？最令我不解的是，他说的阿布拉克萨斯究竟是何方神圣？这个名字，我之前闻所未闻。我打量着字条的最后一句话，不禁喃喃自语："神的名字叫作阿布拉克萨斯！"

直到下课，老师的话我也一句都没有听进去。接下来就是上午最后一节课了，由新晋教师佛伦博士执教。他刚毕业不久，年轻且平易近人，深受同学们的喜爱。

这堂课，我们跟随佛伦博士阅读希罗多德[①]的作品，这本是我最喜欢的课程，但今天我完全听不进去。我翻动着书页，但思绪早已飘远，没有跟上老师的翻译与讲解。我时不时回

---

① 希罗多德（Herodot，约公元前484—公元前425），古希腊著名的历史学家。

想起德米安在坚信礼课上说的话:"只要意志足够坚定,就能达成目标。"现在看来,他的话不无道理。我发现,当在课堂上完全沉浸于自己的思考时,我就无须担心老师审视的目光。相反,若我显得心不在焉或昏昏欲睡,老师往往会突然出现在我身旁。所以当我真正投入思考时,我便不用担心老师会注意到我。我也曾按照他的方法,用坚定的眼神打探别人内心深处的秘密,确实有用。然而,与德米安相处时,我从未成功过。如今,我越来越能感受到目光与思想所蕴含的巨大能量。

我就这样坐着,任由思绪飘飞,老师的教导、希罗多德的名言早就被我抛到九霄云外了。突然,佛伦博士的声音如惊雷般在我耳边响起,将我从沉思中唤醒。我听见他的声音,感觉他就在我身边。我紧张地以为他会点名批评我,但他并未关注我,于是长舒了口气。

就在这时,我忽然听见老师提到一个词:"阿布拉克萨斯"。

佛伦博士刚刚的阐述我都没听到,好在他接着进行了一些补充:"我们不能以理性的思维去审视古代教派和神秘团体,更不能忽视其价值。现代科学的框架不足以解读那个时代人们的精神世界。在远古时代,人们对哲学和宗教的探索已经达到了惊人的高度。在人类进行精神探索的过程中,虽然也有一些巫术和戏法衍生出来,成为不法分子实行欺诈和犯罪的工具。但是,这些看似神秘的巫术背后,蕴含着丰富的思想。以我刚刚提及的阿布拉克萨斯为例,这个词源于古希腊的咒语,常用来指称那些具有神力的恶魔,但至今仍有原始部落视其为信仰。但阿布拉克萨斯有着更为丰富的含义,我们可以将其视为一个神祇,一个兼具神性与魔性的魑。"

这位身材矮小但满腹经纶的老师继续滔滔不绝地讲着,但是下面认真听讲的人寥寥无几。他后面再也没有提及阿布拉克萨斯,而我陷入了沉思。

"一个兼具神性与魔性的魑"——老师的这句话在我心间回响,我对此深以为然。我之前与德米安交好时,曾多次与他深入探讨这个主题。他曾说过,我们所崇拜的神明,往往只存在于人们所公允的那个"光明的世界",是整个世界的一部分。但是人也应该对那个"黑暗的世界"怀有敬意,这意味着我们要么尊崇一位神性与魔性并存的神祇,要么在崇拜神明的同时,也对魔鬼保持敬畏。阿布拉克萨斯正是这样一位魑,他既神圣,又邪恶。

有一段时间,我满怀期待地搜索着阿布拉克萨斯,却一无收获。我找遍图书馆的每一个角落,也没有丝毫线索。我逐渐意识到,过于执着的探寻可能并不会带来我所期望的答案,反而可能带来一些不必要的烦恼。

与此同时，我内心深处曾经珍视的贝雅特丽齐的形象，开始逐渐变得模糊，如同远行的船只，在地平线上渐渐消失，只留下一道苍白而朦胧的轮廓。她曾经是我心灵的寄托，但如今，她再也无法填补我心中的空缺。

我犹如一个梦境的漫游者，在自我编织的幻境中徜徉。在我内心深处，对生活的热忱、对爱情与性的渴望，再次如火焰般燃烧。我对贝雅特丽齐的爱恋之情渐渐淡去，又开始对新的对象渴慕不已。然而，这份渴望总是难以得到满足，因为我发现，压抑内心对异性的欲望，比任何事情都要艰难。我时常陷入那些连绵不断的梦境之中，那些往往不是午夜的幽梦，而是不切实际的白日梦。在梦境中，那些被压抑的想法与愿望交织在一起，让我仿佛置身于一个与现实隔绝的幻境，而且在梦境中，它们显得更加真切。

我曾经反复做过同样的梦，对我而言，它的意义非同寻常。梦境大概是这样的：我步入了家门，门前那黄蓝交织的雀鹰盾徽熠熠生辉。屋内的母亲迎了上来，但当我走进屋，紧紧拥抱她时，我发现这不是我的母亲，而是一位陌生人。她高大健硕，有些像马克斯·德米安，又有些像我之前画的那幅肖像画上的人。尽管她身躯健壮，却散发着纯粹的女性气息。她拉着我，给了我一个深情的拥抱。那一刻，我内心喜悦与恐惧交织。这拥抱既似神圣的仪式，又似一种禁忌的罪行。在梦中相拥的时候，我觉得她像是母亲，又像是德米安。那柔情的拥抱虽悖逆常规，却带给我前所未有的欢愉。梦醒之后，我常常沉浸在幸福之中，又被深重的恐惧和内疚所困扰，仿佛我犯下了无法弥补的过错。

不经意间，梦中的情景与现实世界交织融合，随着这种交融的不断加深，我逐渐意识到，梦境就如同阿布拉克萨斯一般，既圣洁又邪恶。在梦境中，快乐与恐惧交织，男性与女性共舞，圣洁与邪恶共存，罪孽与纯真交织。这些是我梦中的情景，也是阿布拉克萨斯的化身。爱情并非像我最初以为的那般低俗，也非后来我对贝雅特丽齐那般的纯洁。它两者兼具，又超乎这二者之外。它是天使与撒旦的合体，是超越性别的存在：既拥有人的柔情，也具备兽的力量；既蕴含无尽的善良，也潜藏着邪恶的力量。体验并品味这样的爱情，是我的宿命。我对此既充满期待，又心存恐惧，但它始终在那里，引导我前行。

第二年春天，我即将从高中毕业，进入大学。但是我不知道该去哪所学校，学哪个专业。那时，我的唇边也慢慢长起了胡须，这说明我已成年，但我的内心仍旧彷徨无依。我本应该听从内心的呼唤，跟随梦境的预示，但要做到这点十分困难，我每天都在进行抗争。我常常质疑自己，我是否与他人有所不同，是否我注定要走一条与众不同的道路？我深知，别人会的，我也会。只要我足够努力，我同样可以理解柏拉图的哲学思想，解开三角函数的谜题，分析复杂的化学反应。然而，有一件事我始终无法做到，那就是找到一个清晰的人生目标。我无法像他人那样，清晰地规划自己的未来，谋划今后是成为教授、法官，还是医生、艺术家，以及探知这些选择将如何塑造我的未来、带给我何种好处。或许，我将在未来的岁月中，不断地探索和尝试，结果还是一事无成，碌碌无为。更可怕的是，我最终找到了目标，但它可能是些邪恶、危险的念头，谁知道呢？

我所渴望的，无非是遵从自己的内心去生活，为何竟如此艰难呢？

我多次尝试要将我梦境中的那个人画下来，但每次都以失败告终。倘若我真的画成了，我定会将这份作品寄给德米安。可德米安现在在哪里？我无从得知。我只知道我与他的心灵时刻紧密相连，至于我们何时能够再次重逢，我也无从知晓。

我对贝雅特丽齐的爱慕之情早已消逝。那时，我曾误以为心灵找到了安宁的归宿，然而现实并非如此。每当我准备随遇而安时，每当梦境给我希望时，现实都会给我迎头痛击。但抱怨能改变什么呢？如今，我被躁动的欲望和难以抑制的期待所驱使，陷入了愤怒与痴狂的旋涡。梦中爱人的身影始终清晰而鲜活，比现实生活中更加真切。我在梦境中与她对话，时而泣不成声，时而愤怒咒骂。我称她为母亲，在她面前含泪跪拜；我称她为爱人，渴望她给予我完美的吻；我也曾愤怒地称她为魔鬼、妓女、吸血鬼、杀手。她既引领我进入甜蜜的温柔乡，又诱惑我踏入放荡的污秽之地。在她面前，世间万物皆无高低贵贱之分，一切都变得混沌而模糊。

整个冬天，我的内心躁动不安，纷乱的情绪无以言表。孤独，对我而言，早已成为一种常态，成为我生活的一部分。还好，在我孤独冥想时，有德米安相陪，有雀鹰为伴，还有梦中那高大的身影，她既是我命运的主宰，也是我唯一的挚爱。有他们的陪伴，我深感满足，仿佛被引向了一片更为广阔和深远的天地，直至那神秘的阿布拉克萨斯之境。然而，这些只存在于我的想象之中，且并非我能够随意掌控的。他们并非我的奴仆，不会因我的意愿而轻易改变。相反，他们掌控着我的一切，控制着我的人生。

对外，我表现得稳健持重。我不惧怕任何人，这一点我的同学们都知道。他们对我充满敬意，这常常让我忍俊不禁。若我愿意，我能够洞察他们大多数人内心的真实想法，这往往会让他们惊愕不已，只是我很少会这么做。我始终专注于自己的生活与内心世界，渴望能够真正地活出自己，尝试着融入这个世界，在这个世界留下一些痕迹，必要时，还要进行一番抗争。有时，我的内心会有一些不安与躁动，我便在午夜的街巷中漫步，直到深夜；有时，我会满怀期待，幻想在下一个街角就能遇见心仪之人，她或许就在不远处的窗户后呼唤着我的名字；有时，我也会让自己感到无比痛苦和绝望，甚至想要一死了之。

一次偶然的机会，我找到了一个属于我的避难之所，乍一看，那似乎只是生活中的一次邂逅。可细细想来，生活中真的会有那么多的不期而遇吗？当一个人最终找到他心心念念的归宿时，那一定是他内心的渴望在默默指引着他，绝非偶然。

途经城郊的小教堂时，我曾多次被管风琴的悠扬旋律所吸引，但每次我都匆匆而过，未曾驻足。直到最近一次，那熟悉的演奏声再次响起，我才听出那是巴赫的作品。我走近教堂，却发现门已紧闭。小巷寂寥无人，我坐在门边的石头上，竖起衣领，全神贯注地聆听。那管风琴应该不大，但音色很好。演奏者的诠释独具匠心，充满了个人情感，仿佛在诉说着他坚定的信仰，如同在虔诚地祈祷。听得出来，演奏者已经悟到了曲子的精髓，他越弹越激动，心潮澎湃，如同在为了自己的生命目标奋斗。尽管我对音乐技巧了解不多，但自童年起，我便能凭借直觉感受到音乐的灵魂，听得懂乐曲的内涵。

接着，乐师又演奏了几首现代乐曲，我猜测这些可能是马克斯·雷格[①]的作品。教堂内一片漆黑，只有窗户边透出一丝微弱的光。我静静地聆听着，演奏结束后，我在教堂外来回踱步，终于见到了那位管风琴手。他看上去十分年轻，年纪比我要大一些，有些矮胖。他的步伐急促有力，又透出一丝疲惫。

自那以后，我常常流连于教堂的门前。一次，我见大门没锁，便步入其中，在教堂的长椅上坐了半个小时。尽管我冻得直发抖，但内心洋溢着一种莫名的喜悦。那位年轻的乐师在昏黄的煤气灯下，全神贯注地演奏着。他演奏的曲子情感丰富，并且曲子与曲子之间有某种隐秘的联系。他的演奏热情而虔诚，那专注的态度不同于常见的信徒，成天默念着教义陈规，倒更像是中世纪的朝圣者或托钵僧，毫无保留地为信仰献身。他继续演奏着巴洛克时期[②]音乐大师们的作品，以及古意大利的乐章，这些音乐都传达出演奏者内心深处对追求的渴望，对世界最真挚的感情，对灵魂深处的拷问，对美好事物的全身心投入，以及对未知的无限好奇。

[①] 马克斯·雷格（Max Reger，1873—1916），德国作曲家。
[②] 巴洛克时期是西方艺术史上的一个重要时代，时间跨度大致为16世纪至18世纪。这一时期有许多伟大的音乐家，如蒙特威尔第、巴赫、亨德尔、维瓦尔第、拉莫、泰勒曼等。

一次，他离开教堂，我紧随其后，看到他步入城郊的一家酒馆。出于好奇，我也跟了进去，并仔细观察起他来。他独自坐在一个僻静的角落，头上戴着一顶黑色毡帽，面前摆着一壶酒。他的相貌与我之前料想的一样，生得并不俊俏，带有一种粗犷的气质。他好奇地四处张望着，看起来固执而任性。他眉宇间透着一股男子气概，深褐色的双眼充满了傲慢与敌意，有种摄人心魄的魅力。他的相貌又给人一种阴柔的感觉，他的唇形稚气十足，下巴线条十分柔和，与眉宇间的阳刚之气形成了一种鲜明的对比。

在这家静谧的酒馆里，只有我和他相对而坐。他瞪了我一眼，似乎想赶我走，但我静静地坐在那里，直直地看着他。终于，他开始嘟囔道："你究竟怎么了？这样盯着我，到底想干什么？"

我回应道："不干什么，只是想告诉你，你给了我很多启发。"

他微微皱起了眉头。

"这么说，你是个音乐狂热者咯？我挺反感那些人的。"

我并没有被他尖刻的语言吓到，而是说道：

"我听过你在教堂里的演奏，但我不是来打扰你的，请你不要误会。我只是觉得，在你的音乐中，我找到了某种特别的东西，它难以用言语表达。你可以不用在意我，只要能在教堂听到你的演奏，对我来说就已经足够了。"

"可我总是锁上门的。"

"有一次，你可能忘了上锁，我就坐进去听了。平时我总是站在门外，或是坐在马路边上听。"

"是吗？下次你可以进来坐，里面暖和些。如果门关着，你就敲门，敲的时候得用力点儿。还有，不要在我弹琴的时候敲门。说说吧，你到底想说什么？看样子，你还很年轻，应该还在上学吧？你也喜欢研究音乐？"

"谈不上研究，只是单纯地喜欢听。特别是你演奏的音乐，仿佛有着撼动天地的力量。我喜欢你的音乐，它没有任何道德的约束，反观其他的音乐，却不尽然。我自己时常受到道德规范的制约，饱受其苦，因此，我一直想寻求一种不受道德约束的力量。我可能表达得有些词不达意，我知道有这样一位魁，他游离于我们的道德准则之外，似神非神，似魔非魔，十分神秘。你听说过吗？"

他把宽绰的毡帽往后推了推，深色的发丝随即散乱在额头。他贴身凑近，紧紧地盯着我，低声询问道："你提及的那个魁，他叫什么？"

"我对他了解并不多，只知道他的名字是阿布拉克萨斯。"

他谨慎地环顾四周，仿佛担心有人偷听，随后又迅速凑近我，轻声问道："我也曾思考过这个问题。你到底是谁？"

"我是一名高中生。"我回答道。

"你又是如何得知阿布拉克萨斯的？"他追问。

"那是巧合。"我简单回应道。

他猛地一拍桌子，杯中的酒都洒了出来。

"巧合？年轻人，你可别胡说八道！一般人不可能听说过阿布拉克萨斯。我恰好对他有所了解，不妨和你聊一聊吧。"

他沉默片刻，然后将凳子稍稍往后挪了挪。我满心期待地看着他，他却朝我使了个脸色。

"但不是现在！我们下次再聊。接着！"

他将手伸入外套口袋，掏出了几个烤栗子，朝我抛来。

我没说话，一把接住，吃了起来，味道还不错。

过了一会儿，他在我耳边轻声问道："你到底是从哪里得知阿布拉克萨斯的？"

我原原本本地告诉了他。

"有段时间，我倍感孤独。百无聊赖中，我突然想起一位博学多识的老朋友，还给他寄去了一幅画，画中有一只鸟儿，正奋力地从蛋壳中挣脱而出。我本以为不会收到他的回信，谁知几天后，我收到了他寄来的字条，字里行间透露着深意：'这只鸟儿拼尽全力，想要从蛋壳中挣脱出来。这蛋壳，就是我们所处世界的真实写照。若想要获得新生，就需打破这世界的桎梏。这只鸟儿将振翅高飞，飞向神的怀抱，神的名字叫阿布拉克萨斯。'"

他沉默不语，我们边剥栗子边喝酒。

"再来一杯吗？"他问。

"谢谢你的好意，我不太喜欢喝酒。"

他大笑起来，似乎有点儿失落："那我就不勉强你了，我想坐下来再喝点儿。你若有事，可以先走。"

几天后，听完他的演奏，我和他一起离开了教堂。他话不多，领我穿过一个古老的街巷，最终来到了一幢古朴而庄严的房子前。我们进入屋内，来到了一个宽敞却略显昏暗的房间。这里已经很久没有打扫过了，里面除了一架钢琴外，再无其他与音乐相关的物品，而一旁的大书柜和写字台让整个空间透露出一种书香气息。

"你有这么多书啊！"我羡慕地说。

"这里有一部分是我父亲的藏书。我得提前申明一点，我虽与父母同住，但此刻我无法向你引荐他们，因为他们不喜欢我带朋友回家。我父亲是个牧师，在城里很有声望。作为他的儿子，人们常常对我寄予厚望，我却误入歧途，让他们大跌眼镜。我之前是学神学的，但参加毕业考试之前，我退学了。不过，我并未完全放弃对神学的热爱，私下里，我还是会读些相关的书籍。现在我特别好奇的是，每个人各自想象中的神是什么样子的。此外，我现在的身份是一名乐师，应该能够谋得一个管风琴师的职位，这样我就能够继续在教堂里用音乐传递我的情感和思考，为人们带来精神上的慰藉。"

借着台灯微弱的光，我浏览着书架上那些书的书名，有希腊语的，有拉丁语的，还有希伯来语的，多种语言应有尽有。与此同时，他则静静地躺在墙根的阴影里，不知在做些什么。

"过来。"他喊道，"闭上嘴巴，趴下，让思绪徜徉在哲学的海洋中。"

他取出一根火柴，轻轻一划，点燃了壁炉中的纸张和木材。火光跳跃，他在炉火前扇着风，细心地添加木材。我则躺在那张稍显陈旧的地毯上，凝视着跳跃的火苗，一下子就被吸引住了。就这样，我们两人默默地在那趴了一个小时，全神贯注地观察着炉火的变化。火苗时而汹涌澎湃，时而静默翻滚，不断地摇曳着身姿，最终化为了一堆灰烬，宣告着这场哲学沉思的结束。

他低声呢喃道："对火的崇拜，是人类智慧的开端。"随后，我们一句话都没说。我凝视着跳跃的火焰，仿佛陷入了一个奇幻的梦境。那升腾的烟雾和燃尽的灰烬仿佛勾勒出一个个生动的图形，让我心头一惊。我的朋友轻轻地将一小块树脂投入炉中，瞬间，一团绚丽的火焰跃然而起。我仿佛看见了那只金色的雀鹰在火光中展翅翱翔。尽管炉火渐渐熄灭了,但那残留在木材上的丝丝火光,如同石板上的字迹或图画,让我联想到一张张人脸、飞禽走兽、花鸟虫蛇。最终,我从这如梦似幻的情境中清醒过来,看向他。他用拳头托着下巴,正看着灰烬出神。

"我得走了。"我轻声说。

"哦,你走吧,再见。"

他并未起身道别,室内一片漆黑,我不得不摸索着穿越房间和走廊,谨慎地沿楼梯而下,走出这座笼罩在神秘氛围中的老屋。临走时,我回头看了一眼,发现每一扇窗户都是黑乎乎的,唯有门外的煤气灯照着一块黄铜标牌,上面刻着"牧师皮斯托利乌斯之家"。

回到房间,准备吃晚饭时,我才恍然意识到,这次会面中,他既没有和我讲阿布拉克萨斯的神迹,也未提及他自己的逸事。尽管我们全程没有多少语言交流,但我对于这次拜访感到十分满足。令我欣喜的是,他承诺在下一次会面时,为我演奏布克斯特胡德[①]的《帕萨卡利亚舞曲》。

我没有意识到,上次在皮斯托利乌斯昏暗的小屋里,我们趴着凝视炉火时,他已经向我传授了宝贵的一课。那次的

[①] 布克斯特胡德(Buxtehude,1637—1707),巴洛克时期德国丹麦裔作曲家。

经历对我大有启发，我开始重视起自己的兴趣和爱好，渐渐地，也对它们有了进一步的了解。

从小，我就喜欢观察大自然的奇异现象，倒不是想去深入研究，只是沉醉于自然的神奇魔力。无论是老树盘根错节的根系、色彩斑斓的岩石纹理，还是水面上漂浮的油斑，甚至是玻璃上纵横交错的裂痕，对我而言，都有着独特的魅力。烟、火、尘、水、云，以及闭眼时脑海中旋转的彩色斑点，更是让我为之着迷。在初次拜访皮斯托利乌斯后的几天里，我又重拾了对这些事物的兴趣。我发现，自从那次与火光亲密接触后，我的心灵仿佛经历了一次洗礼，情感也更加丰富和强烈，让我更加愉悦、满足。

在探索生命真谛的旅程中，让我印象深刻的体验寥寥无几，而此刻，我又多了一项全新的体验：沉醉于自然的纷繁、错综与奇妙之中，让思绪在其中自由徜徉，让内心的节奏与万物的生长达到和谐共鸣。很快，我就被大自然的神奇所折服，进而将其与自己的心境联系在一起，甚至视为自己的创造。我觉察到，自己与自然的界限逐渐变得模糊，甚至一时难以分辨：我们双眼看到的事物到底是来自外界，还是内心深处的真实写照？很快，我便察觉到，人类本身就是这个世界的创造者和塑造者，与自然界密不可分。即使外界的世界崩塌瓦解，我们依然有能力重塑一个全新的世界，因为山川草木、万物生灵早已深深烙印在我们的心灵之中。虽然我们不了解永恒的本质，但我们可以通过爱与创造感知永恒。

几年以后，我终于在达·芬奇的著作中找到了印证。他写道：观察一面被无数人唾弃过的墙壁，是深刻而刺激的体验。我在皮斯托利乌斯家中，看着那跃动的火苗，与达·芬奇面对那沾满唾液的墙壁时内心的感受是一致的。

当我们再次相见时，皮斯托利乌斯阐述了他的观点："我们常常将个人性格中那些与众不同的东西简单地归为个性，但这种看法未免过于狭隘。我们的存在是这个世界的产物，每个人都如此。正如我们的身体里都隐含着从鱼类到更古老的生物的进化轨迹，我们的灵魂也承载着全人类的精神特质。所有的神话传说，无论是希腊的、中国的，还是祖鲁土著的，都成为一种心里图腾，深藏于我们内心深处。设想一下，如果有一天人类不复存在，仅剩下一位天资平庸的孩子，他最终也会探寻出宇宙运行的规律，重新创造出神灵、恶魔、天堂、戒律、禁忌，以及《新约》和《旧约》，重建这个世界的一切。"

"既然如此，"我反驳道，"个人的价值又体现在哪里呢？如果我们内心包罗万象，那人为什么还要继续奋斗？"

他严厉地打断道："这些意识虽然存在于人们的大脑中，但人们能否意识到它们是另外一回事。即便是疯子，也可能出现如柏拉图般的哲学思考；莫拉维亚弟兄会中虔诚的小学生，也可能像诺斯底教派和拜火教的信徒那样，探索神话传说中的深层联系。然而，如果他没意识到这一点，便与树木、石头，甚至牲畜无异。只有当理性的曙光照亮他的心智，他才真正具备人的特质。你不能仅凭十月怀胎和直立行走这两个共性，就将街头的芸芸众生皆称为人类。看看他们，有多少人如同鱼、羊、蠕虫和蚂蟥，甚至像蚂蚁和蜜蜂一样，碌碌无为地度过一生！只有他有意识地去思考，或者愿意去思考，我们才能称其为人。"

我们的对话基本是这些内容，他并没有提出一些让人震惊的观点。但正是这些普通得不能再普通的观点，轻轻地叩击我的心扉，帮助我完成蜕变，塑造自我，让我像新生的雏鸟一般打破蛋壳的束缚。我们的每次谈话都会让我变得更加自信、更加自由，最终像那只雀鹰一样，打破蛋壳，超越自我。

皮斯托利乌斯也很会解梦，我们时常分享彼此的梦境。有一次我做了个梦，梦中我似乎在飞翔，其实是被一股强大的力量弹射上了高空。那种飞翔的感觉让我兴奋不已，但随着高度的不断攀升，我逐渐感到了恐惧。直到我发现可以通过调整呼吸控制自己的高度，我的心跳才渐渐平复下来。

皮斯托利乌斯对这个梦做出了这样的解释："那股让你

飞翔的力量,实际上每个人都有。那是一种与所有力量相连的奇妙感觉,因此很快就会让人陷入恐惧之中。于是大部分人放弃了翅膀,选择在地面行走。但你不同,你选择了勇敢地飞翔。更神奇的是,你渐渐学会了如何飞翔,就像驾驶汽车一样,你知道如何控制自己的身体。这简直太棒了!因为如果没有这种控制力,你就会在空中迷失方向,就像那些盲目飞行的疯子一样,他们虽然触及了更深的真理,却因为没有正确的指引和控制,最终坠入了深渊。但辛克莱,你做到了!你感受到了吗?你学会了用呼吸来调节自己的高度,保持飞行的平衡。现在,你应该意识到你有多么与众不同了吧?其实,用呼吸调节高度的办法并非你独创,也并非现代的新发明,在自然界中,它已经存在了几千年。没错,那就是鱼鳔,它能帮鱼类平衡高度。事实上,现在也有不少稀奇的古老物种用鱼鳔来辅助呼吸。也就是说,你在梦中通过呼吸来维持飞行平衡,和鱼类用鱼鳔保持水中潜行是一个道理!"

他甚至搬来了一本动物学的书,找出了那些古老鱼类的名字和图片。听着听着,仿佛动物演化初期的某种身体机能在我体内复活了,我感觉有些不寒而栗。

第六章

雅各布与天使的角力

从那位特别的音乐家皮斯托利乌斯那里，我了解到了许多关于阿布拉克萨斯的事情，但这并非三言两语就能说清楚。有一点很重要，我从他那里学会了认知自我。那时，我刚满十八岁，有些自命不凡。在某些方面，我表现出异于常人的成熟与洞见，而在其他方面，我又显得十分稚嫩与无助。我常常将自己与他人比较：有时，我会变得自鸣得意，不可一世；有时，我也会垂头丧气，备受打击。我常常认为自己天赋异禀，又觉得自身有些疯疯癫癫，很难与同龄人打成一片，常常忧虑不已，自怨自艾，感觉自己陷入了孤立无援、与世隔绝的境地。

同我一样，皮斯托利乌斯与同伴也有些格格不入，但他教会了我如何维护自尊、保持勇敢。他总能从我的言辞、梦境、想象与思想中捕捉到一些闪光点，并带着真挚的态度与我深入探讨，成为我学习的榜样。

"你曾和我说过，你热爱音乐，是因为它超越了道德的界限。对此，我深有同感。"他说，"既然如此，你就不必苛求自己时刻遵守道德规范。不要盲目与他人比较，如果造物主将你塑造为独特的蝙蝠，你又为何非要强求自己成为平凡的鸵鸟呢？你不必因为自己的特殊而烦恼，也不要因为自己的与众不同而自责。观察火焰的舞动，凝视云朵的变幻，等待灵感的降临，让内心的声音自由表达。追随你的灵魂，不要一味地迎合父亲、老师或上帝的思想。循规蹈矩只会毁了你，让你变得麻木而守旧。亲爱的辛克莱，我们的上帝名为阿布拉克萨斯，他既是神圣的存在，也蕴含着魔鬼的特质，光明与黑暗在他体内和谐共存。阿布拉克萨斯接纳你所有的想法和梦想，请永远铭记这一点。但当你变得毫无瑕疵、墨守成规时，他便会离你而去，寻找新信徒。"

在我所有的梦境中，有一个梦总是如影随形。我一遍又一遍地梦到自己在家门口的盾徽下，想要将母亲拥入怀里，但发现她变成了一个身材壮硕的中性形象，不由得心生恐惧，又会被她的魅力所吸引。我从未与皮斯托利乌斯分享过这个梦境，它是我内心最深处的秘密，是我私人的领地，也是我避风的港湾。

每当心情低落时，我总会去找皮斯托利乌斯，请求他为我演奏布克斯特胡德的《帕萨卡利亚舞曲》。在黄昏时分，坐在教堂的长椅上，我沉醉在那发人深省的旋律中。他的演奏总是能够治愈我，让我学会关注内心的声音。

有时，弹奏结束后，我们会静坐一会儿，看着夕阳的余晖从尖拱形的窗户透进来，消散于黑暗中。

"说来也怪，"皮斯托利乌斯说道，"我以前是学神学的，还差点儿成了神父，但那是个错误。没错，神父一直是我憧憬的职业，做神父也是我追求的目标。但是，我过早地达成了这个目标。在我了解阿布拉克萨斯之前，就过早地皈依于耶和华门下。当然，每种信仰都好。"

"所以你本来是可以成为一名神父。"我说。

"不，辛克莱。我知道我若成为神父，就不可避免地会说谎。确实，我或许会在万不得已时成为天主教神父，但绝不会做新教牧师。一些真正的信徒，他们拘泥于《圣经》的文本。我不会和他们说，我心中的基督并非一介凡人，他是神话英雄般的存在，是永恒之墙上投下的巨大剪影。还有其他那些进教堂的人，他们只是为了听一句箴言，履行他们的义务，以求心安。对于他们，我还能说些什么呢？我会劝他们皈依吗？并不会。神父的职责并不是让人皈依，而应在同宗信徒中传递和捍卫一种情感。"

他顿了顿，随后继续说道："我们的新的信仰，以阿布拉克萨斯为尊，这很好。这是我们心中最虔诚的信仰，但是，它目前仍处在起步阶段，羽翼尚未丰满。若一个宗教仅被少数人知晓，它便无法称之为真正的信仰。它必须传播开来，让人们虔诚地崇拜与沉醉，还要设立独特的节日和宗教仪式……"

说着，他陷入了沉思。

我略带迟疑地问："能不能单独或者在小范围内举行这些仪式呢？"

他点头回应："当然可以，事实上，我自己悄悄举行了许多神秘的仪式。若被外人知道了，我可能会面临牢狱之灾。但我知道，这样还远远不够。"

他冷不丁拍了拍我的肩膀，吓了我一跳。

"伙计，"他急切地说，"你也会偷偷举办一些神秘仪式吧？我知道，有些梦境你也没有全都告诉我，我也不是非得知道。但我要告诉你的是：虽然梦境中的一切并非尽善尽美，却是你前行的方向，勇敢地面对它、尊重它并付诸行动吧！对于我们来说，能否改变外部世界对我们信仰的看法，这还需要时间来验证。但是，我们内心的世界必须得到完全的净化，否则我们将无法取得任何成就。辛克莱，你现在已经十八岁了，不要在街头游逛了，你应当怀揣对爱情的憧憬与追求。爱情或许会让你感到恐惧，但不用怕，它是你生命中最为宝贵的财富！不瞒你说，在我像你这么大的时候，我选择了放弃自己的爱情，后来我常常因此后悔不已。我不希望你重蹈我的覆辙。既然你有了阿布拉克萨斯的指引，就不要再畏惧了，不要将内心的渴望视为禁忌！"

我惊恐地反驳道："那也不能为所欲为吧？我总不能因为讨厌一个人，就把他给杀了吧！"

他慢慢地靠近我。

"在某些特定的情境下，是可以的。但是通常来说，那就是犯罪。我并非鼓励你随心所欲地行事，不顾后果。但你也无须总是压抑自己内心的善意，用道德标准审判它们，那样只会适得其反。既然我们能在神圣的祭祀仪式中满怀善意，那又何苦把自己或他人置于道德的审判之下呢？其实，用爱和尊重来调和内心的欲望，也能使这些欲望展现出它们真正的价值。辛克莱，若你心中涌起了一些可怕的念头，如想要伤害某人，请先暂停片刻，反思一下，那或许只是阿布拉克萨斯在你心灵深处的投影。你所想要伤害的，并非一个真实的人，而是一个虚幻的影子。很多时候，我们之所以憎恨某人，是因为我们自己身上也有他的某个缺点，如果我们自身没有这个问题，就没必要大动肝火了。"

皮斯托利乌斯的话深深地触动了我，竟让我一时语塞。其中最为触动我的，是他那些宽慰我的话与德米安多年前告诫我的话高度契合。尽管他们两位未曾谋面，但他们的观点出奇地一致。

"我们所见，"皮斯托利乌斯平静地述说道，"其实都源于内心。世间万象皆为表象，内心的感悟才是真实的。许多人沉浸在表象的幻觉中，因为他们将外在视为真实，而将内心的声音视为虚幻，甚至会压抑内心深处的想法，并且还乐此不疲。但当我们真正看清世界的全貌，我们就不会再盲目跟从，而是选择一条属于自己的道路。辛克莱，第一条路固然轻松，但那是别人的路；第二条路虽坎坷，却是我们自己的选择，我们要坚定地走下去。"

之后，我去教堂找过他两次，但都没能等到他。直到数日后的一个深夜，我才遇到他。他独自走在寒风中，经过街角时显得步履蹒跚，浑身散发着浓烈的酒气。我静静地站在一旁，没有呼唤他的名字，他走过我身边时，似乎全然未察觉我的存在。他直直地看着前方，双眼闪烁着炽热的光芒，又透露出一种莫名的孤独。我跟在他身后。他像是被某种无形的力量牵引着，步履急切又有些蹒跚，犹如一个游荡的幽灵。我有些难过，便转身回到家中。

"原来，他就是在这样的状态下，寻求着内心的升华的。"我唏嘘着，很快又觉得自己的想法是如此苍白无力，甚至有些道德说教的意味。我又怎能真正理解他的内心世界呢？或许，在醉意迷蒙的状态下，就能找到一种更好地提升自我的方式。

在课间休息时，我注意到一个同学一直在看我，而此前我从来没注意过他。他有着一头略显稀疏的酒红色头发，身材矮小、瘦弱，举止间透出一种与众不同的气质。一天晚上回家时，那位同学竟在巷口等我。待我经过他身边，他又一直跟在我身后，直到我走到家门口才停下脚步。

"你为什么一直跟着我？"我问他。

他显得有些羞涩，轻声说："我希望能和你聊几句，并无恶意。不知你能否陪我走一段。"

我答应了他的请求。在交谈中，他似乎满怀期待又十分兴奋，双手一直抖个不停。

"你是巫师吗？"他突然问道，语气中带着几分惊讶。

我笑着回答："不，克瑙尔，我当然不是巫师。你怎么会有这样的想法？"

他继续追问："那你是不是通灵？"

我摇了摇头："同样不是。"

"嘿，辛克莱，别那么守口如瓶嘛！我能感觉到你有些与众不同。你的眼神有种神奇的魔力，仿佛能够与灵魂交流。我不是出于好奇才这么问，我也是个追寻真理的人，有时也感到相当孤独。"

"说说看吧！"我怂恿他说，"我不通灵，我只是生活在自己的梦境里，这点你应该也看得出来。其他人也生活在梦境中，只不过那不是他们自己的梦境，这可能就是你觉得我与众不同的原因吧。"

他轻声回应："可能吧，你说得对。每个人活在不一样的梦境里……"

随后，他话锋一转："那你知道白魔法吗？"

我对此也一无所知。

他解释道："白魔法就是一种自我控制的修炼，据说学成之后，能让人永生，甚至施展法术。你真的没有修炼过？"

我问他怎么练，他有些吞吞吐吐的。直到我作势要离开，他才向我坦白。

"举个例子，当我想要睡觉或者全神贯注地想要做某事时，我就会开始修炼。我脑海中会浮现一些单词、一个名字或某个几何图形，我会竭力将其铭记于心。随后，我会努力让这些影像在脑海中浮现，直至我能切实感受到它们融入了我的身体。接着，我会想象这些影像逐渐下沉至我的颈部、胸腔和腹部，直至它们完全占据我的整个身体。这样，我仿佛就变得坚不可摧,任何事都没法让我分心。"

我大致理解了他的意思。此时,他脸上流露出焦虑和不安的神情,似乎还有什么难言之隐。我尝试着安慰他,鼓励他说出内心的真实想法。终于,他敞开了心扉,问出了自己真正想问的话。

他小心翼翼地询问:"你也在禁欲吗?"

"你指的是哪方面?是性欲吗?"

"是的,练习白魔法之后,我已经禁欲两年了。在此之前,我曾犯下一个错误,你应该知道我说的是什么事……这么说来,你还没有和女性发生过关系吗?"

我坦然回答:"没有,我还在寻找那个对的人。"

"假如你找到了那个对的人,你会与她发生关系吗?"

我笑了笑,回答道:"当然会,只要她愿意。"

"不行,那样不对!只有完全禁欲,我们才能增强内心的力量。我已经禁欲两年了,准确来说,是两年零一个月。这真的很难,有时候我甚至都快坚持不住了。"

"克瑙尔,我认为禁欲并没有你想的那么重要。"

"我知道,"他反驳道,"大家都这么说,但我没有料到你也会这么想。一个在精神上有着更高追求的人,难道不应该保持心灵的纯洁吗?"

"好吧,那你就继续禁欲吧。但是我想不通的是,要想让我们的心灵更加纯洁，为什么一定要压抑自己的性欲呢？你能保证你做梦的时候或是思考的时候都不会心生邪念吗？"

他一脸绝望地看着我。

"我做不到，真的做不到。我知道我必须控制自己，但有时候，夜晚的那些梦，连我自己都羞于面对。"

我想起了皮斯托利乌斯对我说过的话，确实十分中肯，但我觉得对克瑙尔并不适用。因为我深知，唯有基于其具体的经历和亲身体验，我才能给予其有效的建议。此刻，我陷入了沉默。面对虚心求教的人，却无法给予他们任何实质性的帮助，这让我心中充满了愧疚。

"我已经尝试了各种方法！"克瑙尔悲痛地倾诉道，"无论是冷水浴、冰雪浴，还是体操、跑步，我全都试过了，但都毫无效果。每晚，我都被那些噩梦惊醒，醒来后连回忆的勇气都没有。更糟糕的是，我的修行也因此受到了严重影响。我再也无法集中精神，甚至无法安心入睡，有时还会整晚失眠。我再也无法忍受下去了，但是如果我真的无法坚持到最后，如果我真的选择了放弃，我的灵魂将再次受到玷污，那我就比那些没有尝试修行的人还要可悲，你能理解吗？"

我微微点头，不知道该说些什么。对于他的哭诉，我甚至感到有些厌烦。我也非常惊讶于自己的反应，因为我明知他此刻痛苦万分，却没给他任何宽慰，只是告诉他我也无能为力。

"你也没有什么办法吗？"他疲惫且沮丧地问，"真的没有其他方法了吗？你当初是怎么做的？"

"克瑙尔，我确实无能为力。这样的困境，只有你自己才能找到出路。当时，也没有人能够帮助我。你必须静下心来，听从自己内心的声音。这是我能给你的唯一建议。如果你连自己都无法找到出路，又如何能够找到神灵的指引呢？"

他一句话也不说，失望地看着我。随后，他的眼神变得尖锐而充满敌意，表情也愈发狰狞起来，他愤怒地咆哮道："哼，你现在倒装起圣人来了！我知道，你的内心也一样丑恶！你表面风轻云淡，背地里却做着肮脏的勾当。你不过是一头猪，和我一样的猪，我们都是猪！"

我径直走开，留他独自在那里。他尝试跟了我几步，但随后便停下了脚步，转身匆忙逃开。我既同情他的境遇，又对他有一丝厌恶，这种复杂的情感让我的内心感到沉重，久久无法释怀。直到回到我的小屋，我摊开那几幅画，带着真诚的渴望，沉睡了一会儿后心情才好一些。在梦中，我站在家门口的盾徽下，梦到了母亲和那位神秘的女人，那女人的形象在我的脑海中异常清晰。于是，我立刻开始动手绘制她的肖像。

几天后，在恍恍惚惚中，我终于完成了这幅画。我将这幅画挂在墙上，然后把台灯挪了过来，为其投下柔和的光。我凝视着这幅画，仿佛在与一位神灵对峙。画上的那张脸与我之前的那幅肖像画有着相似之处，画中的人物有点儿像德米安，又有些像我自己。它的一只眼睛明显比另一只略高，目光并未直接与我交汇，而是投向了远方，深邃而坚定。

我凝视着这幅画作，内心疲惫不堪，感到一股寒意直透心脾。我像发疯一般，对着画像倾诉、指责、爱抚，又向它祷告，我唤它母亲，喊它爱人，骂它荡妇，又称它为阿布拉克萨斯。此刻，我脑海中反复回荡着一句话，但是我已记不清其到底是出自皮斯托利乌斯还是德米安之口，也记不起这句话是什么时候听见的了。那句话是雅各与天使摔跤时说的那句："若你不给我祝福，我便不容你离去。"

在灯光的映照下，画中的脸庞时时发生着变化。有时它熠熠生辉，有时又显得昏暗阴沉。那苍白的眼皮时而闭合，仿佛掩藏着深邃的内心世界；时而又悄然睁开，释放出炽热的光芒。它变幻莫测，像是阳刚的男士，又像是柔美的女士，像是纯真的少女，又像是稚嫩的孩童，甚至有些像灵动的动物。有时，它看起来就是一个模糊的光斑；有时，它又变得巨大而清晰。我顺从内心强烈的呼唤，闭上双眼，用自己的内心观察这幅画。那一刻，它在我心中变得愈发鲜明，色彩愈发浓烈。我渴望跪倒在它面前，却发现它早已与我融为一体，无法分割。它已不再是画中的形象，而是我自身的一部分，是我灵魂的真实写照。

此刻，一阵低沉的呼啸声传入我的耳朵，它犹如春日里肆虐的狂风骤雨，让我浑身战栗、惊恐不已。我似乎进入了另外一个时空，星辰在我头顶迅速闪过。与此同时，那些早已被我遗忘的童年记忆，甚至我出生之前以及早年成长中的点滴片段，如电光石火般闪现，似乎在重新演绎我的人生。那些闪现的画面并非局限于过去和现在，而是连我内心最深处的秘密，甚至未来的场景都一一展现。似乎有一种强大的力量将我从现实世界中抽离，推入一个新的世界。那里一切都光彩夺目，令人心驰神往。但梦醒之后，我对那个新世界的记忆逐渐变得模糊起来，只记下了一片朦胧而神秘的光影。

夜里，我从熟睡中醒来，发现自己斜倚在床上。我起身点灯，心里总觉得忘了件极其重要的事情，但怎么也想不起来。我看着摇曳的灯火，刚刚发生的事情才渐渐在我脑中明晰起来。我起身去找那幅画，却发现它已不在墙头，也不在桌上。我隐约记得，我亲手将它付之一炬，甚至将灰烬都吞了下去——难道那一切只是一场梦魇？

我十分忧虑，仿佛被什么力量驱使着，匆匆戴上帽子，冲出了房间，穿过小巷，经过广场，跑得飞快。最后，我停在朋友的那座教堂前，开始静静地聆听，而里面什么动静都没有。一种莫名的冲动在我的内心翻腾，就这样，我漫无目的地四下搜寻着。穿过一片红灯区，再往前，就是一片建筑工地，那里到处堆满了瓦片，上面还覆着一层灰色的积雪。我仿佛被一种奇异的力量牵引着，如同梦游一般，在一片荒原游荡。这片工地与我老家城郊的那片废墟颇为相似，就是在那里，克罗莫把我拉到门口，对我进行了一番敲诈。在微弱的光线下，这栋建筑幽寂地矗立在我跟前，黑洞洞的大门在召唤着我。我想要逃离，却还是拖着沉重的脚步，蹒跚地跨过那片沙砾地，走进了那栋房子。

我跟跟跄跄地穿过满是木板与碎砖的废墟，踏入了那间荒弃的小屋。那里阴冷潮湿，弥漫着一股难闻的气味。除了地上那堆沙子反射出的微弱的灰白色光芒，四周尽是漆黑一片。

突然，一声惊叫打破了寂静："天啊！辛克莱，你怎么会在这里？"

黑暗中，一个矮小消瘦的身影悄然浮现，如同一个幽灵，吓得我汗毛竖起。我定睛一看，才发现是克瑙尔这小子。

"你怎么会在这儿？"他激动地问，"你是特意来找我的吗？"

我不知道他在说些什么。

"我不是来找你的。"我有些蒙，说起话来有气无力，一个字一个字地往外蹦。

他直直地看着我。

"不是来找我的？"

"不是。我感觉有一种无形的力量把我带到了这里。是你在召唤我吗？还有，这么晚了，你为什么会在这里？"

他激动地抱住了我，那双纤细的手臂颤抖不已。

"没错，现在是深夜，但曙光很快就会到来。噢，辛克莱，你没忘了我！那你能原谅我吗？"

"原谅你什么？"

"那天我真的做得太过分了！"

我才恍然明白，他提及的原来是数日前我们的那次对话。那不过是四五天前的事，但我感觉像是隔了一个世纪。突然间，我什么都明白了，包括我们之前的纠葛、我来这儿的原因以及克瑙尔内心的想法，我都了然于胸。

"克瑙尔，你是不是想自寻短见？"

他颤抖着说："我确实有这样的打算，但我不确定是否有这样的勇气。我想等到天亮再做决定。"

我领着他走向屋外的空旷处，天边刚刚泛出的一缕曙光洒在灰蒙蒙的大地上，晨光中，一切看起来都那么清冷而慵懒。

我搀扶着他往前走了一段，对他说："快回去吧，不要向任何人透露此事。你选错了路，错得离谱！我们不是庸庸碌碌的猪，我们是人，有能力创造神，与他们抗争，并赢得他们的恩赐。"

我们默默地继续前行，然后各自分开。当我回到家时，天都已经亮了。

在S城，最惬意的事莫过于听皮斯托利乌斯演奏管风琴，以及围着炉火发呆。我们曾一同研读关于阿布拉克萨斯的希腊语文章，他亦为我朗读了《吠陀》的译文，告诉我如何念"唵"这个神圣的音符。然而，真正助我成长的并非书本上的这些知识，而是我心境的成熟，是对自己梦境、思想和直觉的信赖，以及对个人力量的深刻领悟。

我与皮斯托利乌斯彼此之间再了解不过了。每当我集中思绪，我便能知道他的想法，瞥见他的身影。即便他不在身边，我也能在内心向他发问，就像和德米安在一起的时候那样：我只需将问题凝聚成强烈的意念，答案就将回响在我的内心深处。但我的思绪并非只聚焦在皮斯托利乌斯或德米安身上，更多时候，我想到的是那个出现在我睡梦中和画笔下的中性形象。它曾是我心中的恶魔，但如今已不再是梦境中或纸上的幻影，而是融入了我的内心，让我愈加强大、趋于完美。

那晚以后，我和自杀未遂的克瑙尔之间的关系变得微妙起来。他一直跟着我，想要将我们的生活联系在一起，宛如一位忠实的仆人，说他是一条忠犬也不为过。他每次出现，总是带着一些稀奇古怪的问题和要求：求见神灵或求学犹太秘籍。我虽然一再向他解释自己对此一无所知，但他似乎总是相信我无所不知。有趣的是，每当我陷入困惑之中，他总会带着这些看似荒诞的想法和问题出现，而这些恰好能给我一些启示，帮助我找到问题的答案。尽管我常常因他感到困扰，甚至会粗暴地驱赶他，但内心深处，我隐约觉得他是来拯救我的，无论我给予他什么东西，他都会以双倍的形式回馈给我。他更像是一个向导，一个引路人。他给我带来了一些古怪的书，希望能从中得到救赎，而我在阅读这些书的过程中，也获得了许多新的领悟，获取了更多的知识。

渐渐地，克瑙尔淡出了我的生活。我们从未有过深入的交流，但我与皮斯托利乌斯则不同，我们在高中生涯的最后阶段，共度了一段难忘的时光。

即便是最善良的人，也难免招致非议，被人说是不知感恩、不懂敬畏。我们每个人最终都将离开父母，告别师长，独自面对孤独，但是很少有人能熬过去，大多数人最终都会选择退缩，再次回到父母和老师的怀抱。我虽也与父母的

"光明的世界"渐行渐远，但这种疏远是悄然发生的，没有吵闹，没有争斗，与父母的距离也在随着时间越拉越远。这种变化让我心生感慨，每次归家，这份难以言喻的怅然便会涌上心头，但所幸我并未觉得太过伤感。

但是，我们在面对那些我们真心敬爱、由衷崇敬的朋友时，一想到彼此即将分别，心中便痛苦不堪。在那一刻，任何想要背离亲友、师长的念头都如同尖锐的刺，深深扎入我们的内心。自己的每一次反抗，都像是给自己的一记响亮耳光，继之而来的，是那些"不忠不孝""忘恩负义"的指责。最后，我们只能满心恐惧地逃避。我们不敢相信真的要与他们分别，真的要将那份深厚的情感割舍。

我曾将皮斯托利乌斯视为我人生的向导，但渐渐地，我对他也心生嫌隙。在我的青春时期，他的忠告、安慰和陪伴是我生活中不可或缺的部分。在我心目中，他就是上帝般的存在。他对我梦境的解读透彻而清晰，给了我追寻自我的勇气。但是现在，我渐渐对他萌生了抵触情绪。我开始觉得，他总是喜欢说教，而且对我也不是很了解。

我们之间的关系从未因任何争吵、不快或清算而疏远，而让我对他的美好幻想瞬间破灭、化作泡影的，只是我无意间的一句话。

一种不好的预感在我心中积压许久了，直至那天周末，在皮斯托利乌斯家的那间书房里,我们的友谊走到了终点。我们躺在壁炉前,他热切地分享着近期对于宗教神秘仪式与各种宗教形态的研究,并对它们的未来前景做出了诸多推测。在我看来,这些东西确实很有趣,然而,我并没有觉得它们有多大意义,充其量也只能算是卖弄学术而已。那些新奇的观点,就如同从古老的废墟中掏出的碎片,没有丝毫价值。他对神话的狂热态度以及将各种宗教观点胡乱拼凑的把戏,让我十分反感。

"皮斯托利乌斯,"我突然打断他,那冰冷的语气让我自己都吓了一跳,"我觉得我们可以聊一聊你昨晚做的梦,而不是这些陈词滥调,它听起来太乏味了!"

他从来没听过我这样对他说话,有些怔住了。那一刻,我也感到了一阵羞愧和恐慌,我刚刚的那句话,就像一支利箭,正中他要害。殊不知,我用来揶揄他的话,恰恰出自他自己之口。现在,我用他最擅长的自嘲的方式,狠狠地反击了他一下。

他敏锐地察觉到了我的变化,于是默不作声。我看见他脸色苍白,心里有些害怕。

经过一段漫长而令人尴尬的沉默后,他向炉子里添加了一些柴火,然后冷静地说:"你说得对,辛克莱。你很聪明,我不会再拿这些陈词滥调来烦扰你了。"

虽然他语调平静，但我能感受到他内心的痛楚。天哪，我究竟做了些什么？

我差点儿就快落下眼泪了，我想转过身去并向他投以善意的目光，想要让他感受到我的爱意与感激，并求得他的宽恕。但心中宽慰的话语，我却怎么也说不出口。我依旧默默地躺在那里，凝视着炉火，一言不发。就这样，我们两个人静静地注视着火苗，直到它们渐渐微弱，最终熄灭。每熄灭一簇火苗，我的心就沉下去一点儿，感觉很多美好的事物也随着火光消逝，再也不会回来了。

"恐怕你误会我了。"我还是忍不住开口了，声音沙哑，嗓音干瘪。这些字一个个从我嘴里蹦出，生硬而呆板，仿佛我是在念课文一般。

"我完全明白你的感受。"皮斯托利乌斯轻声回应着，稍作停顿后，他继续说道，"你说得对，每个人都有权利持有不同的观点。"

我意识到了自己的严重错误，内心激烈地做着挣扎，但就是开不了口。我意识到，我刚刚的话语如同锋利的剑，刺到了他的弱点和痛处，让他产生了深深的自我怀疑。他的理想就是研究古文献，他本身就是一个怀旧者、一个浪漫主义者。突然间，我体会到，皮斯托利乌斯是一个奉献者，给了我他所有的一切。他是我的领路人，带领我来到他自己都无法涉足的地方。

如今思量起来,我无法理解自己当初为何会说出那样的话。我没有丝毫恶意,也未曾料到会带来如此严重的后果。我说出那些话时,也没有细想,只是想耍耍小聪明,却不承想,这些话语竟然改变了我们的关系。我的无心之举,给他造成了沉重的打击。

我多么希望他能发火,为自己辩驳,或者是冲我大吼。然而,他并没有。反倒是我,将这一切在心里都演绎了一番。若他真能做到那样,或许我还会露出微笑。但他选择了沉默,这让我更加明白,我给他带来的伤害有多深。

作为一个冲动且不知感恩的学生,我毫无顾忌地奚落了皮斯托利乌斯一番,他却一言不发,对我的指责未加任何反驳。这种反应让我更加对自己的行为感到懊悔。当我发起语言攻击时,我本以为会遇到他强烈的反抗,但没想到他是如此的隐忍。面对我的指责,他选择了沉默和屈服。

在逐渐熄灭的炉火前,我们静静地躺了许久。那摇曳的火光与轻轻飘落的灰烬,让我不禁回想起了那段欢乐而充实的往昔时光,我对皮斯托利乌斯的愧疚之情也愈发沉重。终于,我再也无法承受这一切,起身匆匆逃离了那个房间。我长时间地站在门前,在昏暗的台阶上等待,在屋外的夜色中徘徊,期盼着他能追出来。然而,他始终没有出现。最终,我还是悄然走开，漫无目的地在街道、郊外、公园和树林中徘徊了很久很久，直到夜幕完全降临。那一刻，我第一次感受到我的额头发生了某种变化，似乎烙上了该隐的印记。

很久之后，我才想清楚这件事情。一开始，我一直在自责，为皮斯托利乌斯辩护，但是事情与我想的背道而驰。我深感懊悔，多次想收回之前的话，但一切已经成为现实。直到现在，我才终于了解了皮斯托利乌斯。他渴望成为一名神父，致力于宣扬新信仰，制定新的礼拜仪式，并塑造新的宗教图腾。但是，我明白这并非他以一人之力所能达成的，也并非他的使命。皮斯托利乌斯深谙历史，对古埃及、古印度等古老文明了如指掌，对密特拉①和阿布拉克萨斯的典故更是信手拈来。他所钟爱的一切，都尘封在历史当中。但他深知，人们的信仰必定会焕然一新，根植于新的土壤，而不是从图书馆的故纸堆中来。或许，他的真正使命是帮助人们找到自我，正如他曾经帮助我的那样，而不是引领人们去崇拜新的神灵。

突然，一股灵光仿佛在我脑海中乍现，我意识到每个人都有自己的使命，但我们没有自我选择、自我决定的权利。寄希望于神灵、妄图改变世界都是不切实际的。一个真正觉

---

① 密特拉（Mithras），古罗马密特拉教中太阳神化身。

醒的人，其生活的核心任务就是寻找自我，坚定地做自己，并勇敢地探索属于自己的道路，无论这条路通往何方。这种想法让我深受触动，也是这次事件带给我的成长。我曾无数次憧憬过未来，想象自己可能成为作家、先知、画家或从事其他职业。然而，这些终究只是过眼云烟。我并非为了写作、祈祷或绘画而来到这个世界，无论是对于我还是他人，生命的真正意义远不止于此。这些所谓的职业和身份，不过是生活的附属品而已。每个人最为核心的使命，就是成为真正的自己。一个人，无论他曾经是作家还是疯子，是先知还是罪犯，当他离开这个世界时，这一切都变得不再重要。他的使命并不在于社会赋予他的角色，而在于找到属于自己的命运，并全心全意地享受它，不受外界干扰地走过一生。其他的任何活法都是在企图逃避，都是为了迎合世俗的理念，都是不完整的，都是怯懦的。我曾经无数次地幻想过自己的人生使命，也曾多次向人提起，但是我现在才领悟到它的真正含义。我是大自然的产物，我的生命充满了不确定性。也许我会成为一种全新的存在，也许我什么都不是。我唯一的使命，就是顺应自然，体验自然的意志，并将其内化为自我的意志。除此之外，别无其他！

　　我曾历经孤独之苦，然而此刻，我预感到在这世间尚有一种更加刻骨铭心的孤独，它是宿命般的存在，无法摆脱。

我并未主动向皮斯托利乌斯寻求和解。我们虽仍维持着朋友的身份，但彼此间的关系已然有了微妙的变化。关于那次事情，我们只讨论过一次，并且大部分时间都是他在倾诉："辛克莱，你知道我一直渴望成为神父，尤其是新信仰的神父。但这不大可能，我也很清楚，只是自己不愿意承认罢了。不过，我还可以从事其他神职，就像管风琴演奏师之类的。我喜欢这些美丽而神圣的事物，如圣乐、神秘教派、图腾以及神话等。我需要这些，也不愿放手，这是我的软肋。我常常想，自己是否应该放下这些追求，它们太过奢侈，会成为我的弱点。或许，我应该听从命运的安排，但我做不到，这是我唯一的坚持。但或许你能做到，辛克莱。我常常梦见自己能够做到，但我真的不行，因为我害怕，害怕活得赤裸裸，害怕无所依靠。我就像一只瘦弱的小狗，渴望温暖和同类的接纳。一个人一旦走上探寻命运之路，那么他必然会独自前行，独自忍受这个孤独而冷酷的世界。你应该听说过耶稣在客西马尼园的故事。耶稣受难后，也有殉教者追随他的脚步，甘愿被钉在十字架上。他们坚持自己的信念，有自己的榜样和理想，但是他们并非英雄，也未能得到救赎。追寻自身命运的人，没有所谓的榜样和理想，也没人给他任何关爱和慰藉，但这才是真正的人生之路。我们这样的人，虽孤独，但至少还有彼此，我们应当为自己的与众不同、特立独行而骄傲。但要踏上这条路,就必须放下现有的一切,无法成为革命者、楷模或殉道者,其难度超乎想象。"

确实,那条真正的人生之路,似乎遥不可及,但它值得我们去憧憬、去尝试、去想象。在寂静的独处时光里,我似乎感受到了它的存在。我凝视着自己的内心,仿佛看见了命运之眼也正凝视着我。那眼神时而充满智慧,时而疯疯癫癫;时而充满爱意,时而暗藏敌意。然而,这一切都已无法改变,我们无法选择,也无法期待它能够有所不同。我们只能寄希望于自己,相信自己的命运。在这条道路上,皮斯托利乌斯像一盏明灯,照亮我前行的道路。

在那些日子里,我的内心充满了动荡与不安,我如盲人般摸索前行,每一步都仿佛在深渊的边缘徘徊。在无尽的黑暗中,我失去了方向,曾经的路径也消失得无影无踪。然而,在我的内心深处,我却看到了一个身影,他和德米安有些像,他的眼眸中映照着我的命运。

我提笔在纸上写下了这样一段话:

"我的向导已离我远去,此刻,我仿佛被黑暗吞噬,孤身一人,步履维艰。帮帮我吧!"

我原本打算将这封信寄给德米安,但每次这个想法浮上心头,我都觉得荒唐可笑,最后还是放弃了。我选择将其铭记于心，日日祷念默诵。在这个过程中，我逐渐领悟到了祈祷的真正意义。

　　我的高中生涯终于画上了句号。父亲建议，我在步入大学之前，开启一段毕业之旅。至于大学学什么专业，我自己也没想好，好在学校允许我们先修一个学期的哲学课程。其实，无论学什么专业，我都无所谓。

第七章

夏娃夫人

在休假期间,我探访了马克斯·德米安和他母亲从前居住过的宅邸。那日,一位老妪正在花园中悠然漫步。我上前与她攀谈,得知她正是这宅邸的主人,并向她打听起关于德米安家的事情,她竟记得清清楚楚。遗憾的是,她也不清楚他们此刻住在哪里。她察觉到了我的好奇,便邀请我进屋,并从一册精致的皮质相册中翻出了德米安母亲的照片。记忆中,德米安母亲的形象已逐渐模糊,但当我看到这张照片时,我的心仿佛停止了跳动——这不正是我的梦中人吗?她身形高大,健硕有力,面容与德米安颇有几分神似,看上去慈爱、严厉而充满热情。她美丽迷人,又高冷异常,是魔鬼和慈母的象征,是命运和爱人的化身。是她,她就是我的梦中人!

当我得知那个无数次出现在我梦中的身影,竟然真真切切地存在于现实世界中时,我内心的震惊难以言表。原来,世间确有这样一位女性,她与我的命运紧密相连,而巧合的是,她竟然是德米安的母亲!她在哪儿?

不久之后,我便开始了寻觅之旅,这是一趟神奇的旅程。我如同被一股无形的力量牵引,不知疲倦地穿梭于各个角落,只为能够寻到她的踪迹。途中,我偶遇了几位与她十分相像的女性,她们引领我穿越陌生城市,从街头巷尾到车站,从月台再到飞驰的列车上,我仿佛置身于一场漫长又光怪陆离的梦境之中。有时候,我又觉得自己的寻觅徒劳无功,便疲惫地坐在酒店、公园或候车室里,闭目沉思,试图在心中勾勒出她的模样,但那形象如同害羞的精灵,眨眼间就消失得无影无踪,这让我倍感失落。夜晚,我辗转反侧,只有在火车上才能打会儿盹儿。在苏黎世,一位妖娆的女人想要接近我,我却视若无睹,心无旁骛地继续前行。因为我知道,我宁愿死去,也不会对其他女人产生任何兴趣。

我感受到命运之轮似乎正悄然推动我前行,梦想的彼岸似乎触手可及,我内心却充满了迷茫与不安,急迫之情难以言表。一次,在火车站,大概是在因斯布鲁克,我在一扇即将启程的列车窗户上看到了那个似曾相识的身影。接连几天,我都有些郁郁寡欢，连夜晚的梦境中都会梦到她。我醒来后，心里觉得既羞愧又空虚，感觉这样盲目地寻找没有任何意义，于是，我直接踏上了归程。

几周后，我到 H 大学报到，那里的氛围让我失望透顶。哲学史的课堂就像大学生活一样，庸庸碌碌，毫无新意。一切似乎都在遵循着既定的轨迹运行，大家都按部就班地做着相同的事情，一张张稚嫩的脸上透着深深的空虚与孤寂。但我很自由，每天有大把的时间可以随心所欲地安排。我在城郊那座宁静又舒适的老宅里，阅读尼采的书籍，好不惬意。我仿佛与尼采一道同行，体会着他内心的孤寂、他所经受的苦难，感受到了不断促他前行的强大力量。得知有人同我一样，毅然决然地踏上了自己命运的征途，我的内心充满了欣慰。

一个秋日的黄昏，秋风阵阵，我漫步于城中。路过酒馆时，我被里面学生们高亢的歌声所吸引。烟雾从敞开的窗户中飘散，歌声此起彼伏，听起来整齐嘹亮，却似乎了无生气，呆板刻意。

我在街角驻足倾听。每当夜晚来临，年轻的学生们都会在此肆意欢笑。或许是为了逃避命运的重担，大家都拥作一团，寻找一丝温暖与慰藉。

两位行人悠然地从我身后经过，他们的交谈声悄然传入我的耳朵。

"这里不就是非洲的乡村酒馆吗？"一人感慨道，"真是无奇不有，他们身上还都印着文身。瞧瞧，这就是欧洲的年轻一代。"

那声音似曾相识，我不由自主地随他们步入了一条幽暗的小巷。其中一位是日本男士，身材虽不高大，但举止间流露出优雅的气质。借着路灯微黄的灯光，我看到了他微笑的脸庞。

这时，另一位接话道："你们日本的情况也未必比我们这里强多少吧？毕竟，能够坚守自我、不盲目跟风的人，在哪里都是少数。不过话说回来，还是有那么一些人能做到这一点的。"

听到他的话，我满心喜悦。我知道刚刚说话的那位就是德米安。

晚风中，我跟在德米安与那位日本男士身后，穿梭于昏暗的小巷之中，暗自聆听他们的对话。德米安的声音还是那么熟悉、悦耳，自信、沉稳，让我沉醉不已。真好，我终于找到他了。

走到城郊处，日本男士与他道别后，开门步入房屋。德米安则转身沿着原路返回，我静静地站在路中央，等待着他。他身姿挺拔，身着一件棕色雨衣，手臂上挂着一支细手杖，步履轻盈地向我走来，我的心也激动得怦怦直跳。他径直走到我跟前，摘下礼帽，我看到了他老成而透着智慧的脸庞和厚实的嘴唇，他那宽广的额头异常明亮。

"德米安！"我喊出了声。

他向我伸出了手。

"辛克莱，你来了！我早就料到是你。"

"你知道我在这里吗？"

"我不知道，但是我一直想要见你一面。今晚终于遇见你了，你跟了我们一路吧？"

"这么说，你一开始就知道我跟着你们后面？"

"当然，你的模样虽然有些变化，但是印记还在那儿啊。"

"印记？什么印记？"

"还记得我们之前讨论过的'该隐之印'吗？那是属于我们的独特印记，它将永远镌刻在你的生命里，也因此，我们结下了不解之缘。现在看起来，你的印记似乎更加清晰了。"

"我不知道自己有这个印记，或许隐约中我也曾意识到这一点。我曾经给你画过一次肖像，但奇怪的是，画中人竟与我很像。这是因为这个印记吗？"

"正是如此！你来真是太好了，我的母亲知道也会很高兴的。"

我心中一惊："你母亲也在这里吗？但她根本不认识

我啊。"

"噢,她知道你。不用我向她介绍,她待会儿也能认出你来。你看看,我们都多久没联系了。"

"唉,我一直想给你写信,但总是下不了笔。这些日子里,我一直盼着这一天,盼着能遇见你。"

他轻挽起我的手臂,和我并排走着。宁静的气息从他身上散发出来,浸入我的心田。我们如往昔那般谈笑风生,共忆着中学时代的点滴,还有那庄严的坚信礼,以及假期中那次不愉快的重逢。然而,我们之间最初、最为牢固的羁绊——弗兰茨·克罗莫的故事,却被我们默契地搁置一旁,未曾提及。

不知不觉间,我们的话题慢慢开始转变。一开始,我们顺着他之前与日本人交谈的话题,聊到了大学生活。接着,我们又聊到了一些看似不着边际的话题上。但是,在德米安看来,我们谈论的这些内容,都有一些隐秘的联系。

他谈到了欧洲精神和我们这个时代的基本特征,感慨道:"遍观欧洲,联合、集结之分盛行,却感受不到任何的爱和自由。小到学生社团以及唱诗班,大到整个国家,都因为担忧、恐惧和尴尬而被迫联合在一起。从表面上看,他们是团结一体的,内部实则早已腐朽破败,濒临崩溃。"

他继续说道:"联合,本是一件好事。虽然目前各种联合体发展得如火如荼，但对整个社会并无任何益处。真正的联合源于个体间的相互理解，这会改变整个世界。当今社会，联合在一起的不过是一群乌合之众而已。富人老板、工人群众、学者精英，他们选择联合在一起是因为恐惧，而恐惧的根源是他们无法坦然面对真实的自我，是他们对自己的内心的无知。他们发现，旧有的生存法则已无法适应时代，无论是宗教的教条还是道德的规范，都显得如此格格不入。回望过去一个世纪，欧洲的教育迅速发展，工厂遍地开花，军事发展日新月异，但人们忘了向上帝祷告，也忘却了如何享受生活中的片刻欢愉。从学生聚集的喧闹酒馆到精英云集的奢华聚会，到处都弥漫着虚华的气氛，简直无可救药！"

"辛克莱，这样的人联合在一起，反而更让人担忧。他们胆小、怯懦又心怀鬼胎，彼此间没有信任感可言。他们固守着传统的理念，对新的思想强加抵制。我有预感，一场冲突正悄然酝酿，但它还是没有办法让我们的世界变得更好。无论是工人对厂主的反抗，还是国与国之间的战争，都不过是权力的更迭，无法带来真正的变革。然而，它的意义在于，让人们意识到传统思想的苍白无力，让石器时代的信仰在时代的洪流中崩塌。我坚信，眼前的这个世界，终将走向毁灭，这是它无法逃避的命运。"

"那我们呢？"我问。

"我们？我们也会跟着这个世界一起毁灭，或者被打死。但我们并不会就此销声匿迹。我们所遗留的一切，与那些幸存下来的人，将汇聚成一股塑造未来的力量。在欧洲，人类的意志一直被耀眼的科技成果所遮蔽。终将有一天，人们会意识到，人类的意志与国家、种族、教会和社团没有任何关系。正因如此，造物主把对人类的希望寄托于每一个个体之上，如耶稣、尼采以及你我。这些个体每一天都在蜕变与成长，倘若当今的世界崩塌，他们将支撑起新的时代。"

行至河畔旁的一处花园，我们停了下来。

"这里就是我家，有空来看看我们，我们等着你呢！"德米安说。

夜晚凉风习习，我兴高采烈地走回家。一群群醉意朦胧的大学生大声喧哗着穿过街区。他们的肆意狂欢与我孤寂的生活形成了鲜明对比，我心中常常既觉得若有所失，又对他们有些许不屑。然而，今晚不同，我的内心异常平静且无比充盈。恍然间，我意识到，他们的世界是那么遥远，与我没有任何关系。我想起了家乡的官员们，他们怀念学生时代的酒馆，就像怀念天堂一样。他们缅怀那种久违的自由，就像诗人或者浪漫主义作家追忆童年一般。说到底，人性是共通的，无论身处何方，面对沉甸甸的责任和义务，人们总倾向于向过去寻求"自由"与"快乐"的慰藉。他们醉生梦死地消耗了几年光阴,而后逐渐收心,最后摇身一变,成为体面的政府工作人员。是的,我们的世界腐朽不堪,学生时代的那些荒唐的行为根本算不了什么。

等我回到宿舍,准备睡觉时,那些纷繁思绪悄然淡去,我默默地期待着去德米安家。只要我想,明天便可以去他家,见到他母亲。纵使学生们沉湎于酒馆,抑或在脸上文满文身,甚至是整个腐烂的世界走向毁灭,又与我何干呢?我唯一所期望的,是以崭新的面貌迎接命运的安排。

我睡得很沉,第二天很晚才起。这崭新的一天于我而言就如同神圣的节日,除了儿童时代的圣诞节,我再没有这么激动过了。我的内心焦躁不安,倒不是因为害怕,而是因为期待,期待着一个重要日子的到来。周遭世界似乎都变换了模样,一切都显得庄严而肃穆,似乎在等待着什么。即便是绵绵秋雨,也化作了优雅旋律,演奏了一首庄严而隆重的音乐。第一次,我感觉外界与我的内心达到了一种和谐统一的状态。我的精神得到了极大的满足,生活也变得充满意义。街道两旁的屋舍与橱窗,熙熙攘攘的人群,都无法吸引我的注意。周遭的一切都褪下了浮华的外表,露出其自然本真之美。一切都似乎在等待,迎接着命运的到来。孩提时,每当圣诞节或复活节这些重要节日来临,我眼中的世界就是这样的。我没想到,现在我还能目睹如此动人的景致。长久以来,

第七章 夏娃夫人

我已习惯活在内心，自认为早已失去了感知外部世界的能力，那色彩斑斓的世界在我的童年时期就已消逝。从某种意义上来说，一个人想要获得自由、实现灵魂的解放，就必须舍弃童真年代的幸福时光。然而，此刻的我，满心欢喜地意识到，那些美好并未真正消逝，只是暂时隐匿于生活的阴影之下。原来，即便是舍弃了儿时的幸福，最终实现了灵魂解放的人，也能如孩童般，重新领略这个世界的美好。

我又一次来到了昨晚与德米安告别的城郊花园。郁郁葱葱的树木掩映着一栋温馨而明亮的小屋。透过大大的玻璃窗，屋内的摆设一览无余。房间里有一大丛鲜花，深色的墙壁上挂着几幅画，屋内还有一排整齐的书架。大门敞开着，直接通往一个暖和的客厅。一位身着黑白色围裙的年迈女佣一声不吭地引我进入房屋，并为我脱去外套。

女佣走了，留我一人在客厅。环视一周，我仿佛置身于梦境之中。深棕色的墙面与门上悬挂的黑边画框相映成趣，画框内是我画的那只金色雀鹰，它高昂着头颅，奋力地挣脱蛋壳的束缚。我深受触动，站在原地，心中悲喜交加，仿佛过往的每一段经历在这一刻都找到了答案。记忆的闸门轰然打开，一幕幕场景迅速在我大脑中闪过：父亲从拱门下跨入家门的场景，年幼的德米安专注地临摹拱门上的盾徽的场景，孩提时期的我被克罗莫威胁的场景，少年时期的我坐书桌旁画这幅雀鹰的场景……此刻，一切过往都在心灵深处翻涌浮现，确认得到了正面的回应与认可。

我的眼眶不禁微微泛红，凝视着这幅画作，仿佛审视着我自己。片刻之后，我的视线缓缓下移，门开了，一位身着黑色长裙、身形高挑的女士映入眼帘。啊，是她。

我激动得说不出一句话，她和德米安很像，十分年轻，充满活力。她和善地冲我微笑，看起来美丽而高贵。她的注视让我觉得十分满足，她的问候让我感觉到了家人般的温暖。我朝她伸过手去，她一把将其握住。

"你应该就是辛克莱吧，我一眼就认出你了，欢迎！"

她的嗓音低沉而浑厚，如同陈年佳酿，醇香醉人。此刻，我终于得以一睹她的真容——那是一张娴静的脸庞，眼眸深邃难测，双唇鲜艳饱满，丰满的额头上还有那个独特的印记。

"深感荣幸！"我亲吻着她的双手，"一直以来，我如同浮萍漂泊不定，现在就像是回家了一样。"

她露出慈母般的微笑。

"家，或许是我们永远追寻却难以触及的彼岸。当志同道合的朋友聚在一起，四海皆可为家！"

她所说的，恰是我赴会途中内心的想法。她的言谈中有一丝德米安的影子，又独具韵味，更添了几分成熟、热情、自然之感。以前，德米安给人的印象格外成熟，反观其母，

第七章　夏娃夫人

身上看不见任何沧桑的痕迹。她的容颜焕发着青春的光泽，发间洋溢着动人的气息，肌肤宛如凝脂，双唇更是娇艳动人。此刻她站在我面前，比我梦境中的更为庄重，仅是与她靠近，都能感受到爱的甜蜜；她的一个眼神，都足以让我心满意足，沉醉不已。

生命中一幅崭新的画卷缓缓展开，从此，我如获新生。生活不再艰难、孤寂，而是无比充实、欢愉！我无须立下豪言壮语，亦无须坚定宣誓，就已达成所愿，到达了人生的一个新的里程碑。我未来的旅程迢远而壮阔，通往幸福的净土，沿途绿树成荫，繁花似锦，美不胜收。我深感幸运，能在这浩瀚人海中认识这样一位女性，她的声音如天籁般醉人，她的气息芬芳而迷人。能在她旁边，我已幸福无比。无论她是母亲、挚爱，还是心中的女神，只要我能在她左右，一切都已经足够！

她指了指我画的那幅雀鹰。

"马克斯看到这幅画的时候非常高兴。"她若有所思地说，"我也一样，看到画的那一刻，我就期待着你的到来，因为我知道，你定会与我们相见。记得马克斯还小的时候，他放学回家告诉我，他遇见了一个额头带有独特印记的同学，想和那个同学成为朋友。他说的那位同学，就是你。这些年，你过得并不容易，但我们始终相信你。特别是那次假期，你与马克斯重逢,那时你应该有十六岁了,马克斯告诉我——"

我插话道:"哎,他连这些都跟您说了?那可是我最迷茫不堪的时候啊!"

"没错,马克斯跟我说,辛克莱正经历着生命中最严峻的考验,他尝试着随波逐流,甚至一度沉溺于酒精之中,以此来麻痹自己,但他没有被战胜。他额头的印记已然模糊,但他的信念最终没有动摇。是这样吗?"

"确实如此。那段时间,我遇见了贝雅特丽齐,紧接着又有一个人走进了我的生活,他是皮斯托利乌斯。直到那时,我才意识到为何儿时我会和德米安成为朋友,为何我总是离不开他。亲爱的夫人——请允许我也叫你一声母亲,那时的我,都想过要自行了断了。每个人的成长之路,是否都是这样艰难呢?"

她温柔地轻抚我的发梢,让我如沐春风。

"生命的诞生与成长,从来不是铺满玫瑰的道路。正如雏鸟必经一番艰苦挣扎,方能破壳、展翅。现在你不妨细细回味一番,这条路仅仅是艰难吗?它是否也有一种别样的美?你知道有哪条更美好、更轻松的吗?"

我摇了摇头。

"成长的路确实很艰难,"我如梦呓般低语,"直到我做了那个奇怪的梦。"

她微微颔首，意味深长地看着我。

"是的，人需要在梦境中找寻自我，只有这样，人生的旅途才会变得轻盈。但旧的梦境终会淡去，新的愿景也会接替而来，人不能只沉溺于一个梦境之中。"

一股寒意悄然爬上我的心头，这是告诫，还是反驳？但无论如何，我已决心追随她的指引，无论前方是荆棘密布还是康庄大道。

我轻声说："我的梦境究竟能延续多久，我也不知道，但我希望它能一直持续下去。梦境中，在这幅雀鹰图中，命运拥抱着我，它既像一个母亲，又像一个恋人。我只属于它，不属于任何人。"

"既然梦境昭示着你的命运，你就需要坦然面对。"她神情严肃地说。

刹那间，我感到无比悲伤，甚至渴望自己的生命永远停留在这一刻。泪水不由自主地滑落，模糊了视野——我有多久没有如此放纵自己的泪水了？我急忙转身，逃向窗边，目光空洞地落在窗外的花盆上。

身后传来她的声音，语气既平静，又温柔，如同醇香的红酒。

"辛克莱，你真是个傻孩子。命运对你施以厚爱，只要你坦然面对，它就一定属于你。"

我竭力平复内心的波澜，转身面向她。她温柔地握住我的手，面含微笑地说：

"我朋友不多，几个非常要好的朋友都习惯称我为夏娃。你要是愿意的话，也可以这么称呼我。"

随后，她引领我至门前，轻轻推开门，手指着花园的方向，轻声说："马克斯就在花园中，去找他吧。"

我站在一棵大树下，有些恍惚，又大受震撼，感觉这一切如同梦境一样。细雨如丝，轻轻拂过树梢。我缓缓步入花园，沿着小径一直走，终于在河岸边发现了德米安的身影。他赤裸着上身，站在花园小屋里，击打着沙袋。

我驻足凝视，他的体态近乎完美，男子气概十足，胸膛宽阔厚实，他每一次挥臂都展现出流畅的肌肉线条，肩部、背部、臀部的动作流畅自然。

"德米安，你在忙什么呢？"我喊道。

他哈哈大笑起来。

"在健身呢！我跟那个日本朋友约定了一场比赛。那家伙灵活得像只猫，狡猾得很。不过，他可不是我的对手，我打算给他点儿颜色瞧瞧。"

说完，他迅速披上衬衫和外套。

"你刚才看到我母亲了吧？"他问。

"是啊，德米安，你的母亲真好！夏娃夫人这个名字，简直就像是为她量身定制的,她就像是大地上所有美好事物的化身。"

他满含深意地看了我一眼。

"你已经知道她的名字了?嘿,朋友,你是第一个让她在初次见面时就愿意分享自己名字的人,不简单!"

从那天起,我开始频繁地造访他们家,就像他们家中的一员似的。每当我步入他们家的门,或是目光掠过院中挺拔的林木,我的心中便洋溢着满足与喜悦。门外,是纷繁的"现实世界",有繁忙的街道、高耸的建筑、熙熙攘攘的人群、各式各样的图书馆和演讲大厅;而门内,则是爱与灵魂的避风港,这里编织着童话,孕育着梦想。我们并未与世隔绝,只是生活在另一片场域。我们的思想在现实的海洋里遨游,我们的谈话也经常提及社会的种种问题。我们与大众之间,并不存在不可逾越的鸿沟,只是看待世界的态度不一样而已。我们的任务,或许是筑起一座精神的岛屿,又或许是引领某种独特的风潮,说到底,就是探索并实践另一种生活的可能。长久以来,我沉浸在孤独的深渊中,逐渐领悟到,唯有深刻体验过这份孤寂,方能铸就真挚的友谊。我已无心再向往节日的盛宴。看见他人欢聚在一起,我也不再想念家的甜蜜了。随着时间的推移,我愈发理解那些身负"印记"者的内心秘密。

我们这些拥有印记的人，常被外界视为异类，或者是荒谬乃至危险的存在。然而，真相是，我们的精神早已觉醒。世人追求的是融入主流，让他们的观念、理想、责任、幸福乃至整个人生都符合大众的期待，而我们，则致力于更深层次的自我觉醒。他们同样在努力，拥有力量与价值，但在我们眼中，他们的努力更多是在维系现状，而我们，则代表了自然的意志，是崭新、未知且独一无二的。他们同样珍视人性，却视之为既成之物，应予以保护；而我们眼中的人性，通往遥远的未来。人性的面目是完全未知的，其奥秘亦有待发掘。

除夏娃夫人、德米安与我，这个圈子还有形形色色的人。其中不乏一些行事怪诞、异想天开、特立独行的人，他们中有星象学家、犹太教的信徒以及托尔斯泰的拥趸。此外，还有一些敏感脆弱、羞于露面的人，他们中有新教徒，也有坐禅修行者以及素食主义者。尽管我们与这些人在信仰上大相径庭，但我们都秉持着对彼此内心理想的尊重与理解。此外，圈内还有一群志同道合者，他们热衷于探究古代神祇的奥秘，以期在其中寻得新的精神力量，与皮斯托利乌斯一样执着。他们有时会带来一些宗教典籍，并将那些古老的文字翻译过来，让我们更好地了解古代宗教的图腾与礼仪，并告诉我们这样一个事实：人类迄今为止全部的理想都源于其梦境，人类就是在这梦境中不断地探索着未来。从他们口中,我们得以一窥众神的影子,从古老的神祇到基督上帝,都一一在我们脑海里闪现。我们了解了那些孤寂的虔敬者的信条,听说了宗教在民族之间的传递过程。基于这些知识,我们对当下的欧洲社会进行了深刻的反思:欧洲制造出了强大的武器,在精神上却跌入了深不见底的泥沼。换句话说,欧洲靠武力征服了世界,却丧失了自己的灵魂。

我们这个圈子中也有不少人推崇救世说,包括在欧洲传播佛法的佛教徒、托尔斯泰思想的践行者以及其他宗教的信徒。对于他们的言论,我们也只是听听而已,并非全然接受。作为一群带有独特印记的个体,我们并不担忧未来,因此救世说的教义对我们来说毫无意义。遵从内心,活出自我,坦然面对未知的未来所带来的变迁,是我们唯一的使命。

虽然难以言明,但我内心十分清楚:当今世界即将瓦解,一个新的世界即将诞生。德米安常说:"未来的世界将会如何,我们谁都无法预料。欧洲的灵魂,宛如久囚之兽,一旦挣脱束缚,必将掀起一番波澜。一直以来,欧洲的灵魂被谎言所麻醉和掩埋,而它重回自由之日,我们时代的曙光必将到来。无论通往自由的道路是坦途还是歧路,我们都不会在意。属于我们的时代即将来临,人们需要我们,而我们并不会以领袖或执法者的姿态站在人们面前,相反,我会以志愿者的身份，随时响应命运的召唤。

一般来说，当人们的理念受到质疑时，其肯定会据理力争；然而，当新思潮出现，传统的理念受到恶意的冲击时，众人却多避之不及。只有少数人愿同我们一道，迎接这种改变。我们额上的印记，如同该隐之记，意在唤醒沉睡的恐惧与仇恨，引领人类走出安逸的田园，步入未知而广袤的旷野。历史上推动人类进程的伟人，都是那些愿意接受命运挑战的人，摩西、佛陀、拿破仑、俾斯麦都是如此。时代的潮流浩浩荡荡，不以个人的意志为转移。若俾斯麦同情乃至加入社会民主党，他或许会得到大家的认可，但却不会青史留名。拿破仑、恺撒、罗耀拉皆如此！我们还可以从生物进化的角度来思考这个问题，随着地球板块的运动，有的动物由水栖变为陆栖，有的动物则由陆栖变为水栖，唯有勇于接受新的生存法则，方能存续。不论物种选择保留原有的生物特性还是选择进化，关键在于要做好迎接命运挑战的准备，唯有如此，方能在自然法则下延续种族，进化为新的物种。我们亦是如此，只有做好准备，才能迎来变革。"

我们在交流的时候，夏娃常常会陪伴左右，不轻易插话，对我们充满了信任与理解。她是一个称职的倾听者，仿佛这些思想都能与她的观点不谋而合。在她旁边，感受着她那成熟而富有知性的气息，也是一种享受。

每当我的内心泛起涟漪，无论是迷惑困顿还是灵感乍现，夏娃总能捕捉到我情感的变化。我甚至觉得，我的梦境仿佛也都和她有关。我乐于向她分享我的梦境，而她总是能理解我梦境中的经历，从来不会觉得它们过于古怪。有时白天聊天的话题也会延续到睡梦之中：我梦到整个世界陷入混乱，有时我会独自一人，有时我会和德米安一起共同期盼着命运的到来。命运从来不以真实面貌示人，但身形与夏娃夫人颇为相似。要么得到她的眷顾，要么被她抛弃，这就是我的命运。

偶尔，她会笑着说："辛克莱，你应该还没讲完吧？最精彩的部分都没有讲。"经她提醒，我有时会回想起梦境中缺失的片段，但自己也不清楚为什么会把这部分给忘了。

但是，和她进行语言上的沟通是不够的，我的内心常常被欲望所折磨。即便与她近在咫尺，但如不能拥她入怀，我也会觉得十分煎熬；而这份微妙的情感，她竟然也能感知到。我有几日没去看她，再次来访时早已心烦意乱，而她将我唤至身旁，说道："我知道你内心深处的欲望，但你不能深陷其中。你需要做的，或是放下它们，或是以正确的心态去接纳。只有这样，你的内心才会得到满足。但是现在，你既期待又悔恨，时刻都在担惊受怕，你必须学会解决这个问题。来，我来和你讲个故事吧。"

她讲了一个少年恋上星星的故事。那位少年站在海边，伸出双手，向星星祈祷。他夜夜梦见它，日日念着它。但是他知道，自己无法将星星拥入到怀中。他陷入了绝望，深知这就是他的宿命，于是终日沉浸于爱而不得的痛苦当中，认为痛苦能让自己更加纯粹，在精神上得以升华。然而，他在梦境中，心心念念的还是那颗星星。一天夜晚，他再次来到海边的悬崖，凝视着那颗星星，心中的爱如烈火般熊熊燃烧。在极度的渴望中，他纵身跃向那颗星星。但随即，他猛然意识到这不过是一场不切实际的幻想。最终，他跌落在沙滩上，粉身碎骨。其实，他不懂得爱的真谛。如果他在跳跃的一瞬间，相信自己爱的力量，他便会飞向天空，投入那颗星星的怀抱。

她接着说道："爱，既非乞求亦非强求，它需要的是内心的坚定与纯粹。唯有如此，你的爱才能吸引别人。辛克莱，你的爱被我吸引。倘若你能展现自己的魅力，让我心甘情愿地靠近你，那么我自然会来到你的身边。我不愿施舍和同情，而是期待有朝一日，有人能以真心与勇气，赢得我的倾心。"

随后的一次相聚，她给我讲了另外一个故事。这回的主角也是一位爱而不得的男子，他陷入了一种悲痛的情绪，感觉自己快要被炽热的爱所吞噬。他对外界的一切失去了感知，蓝天、森林、溪流、音乐，这一切美好的事物都无法吸引他的注意。他沉湎于忧郁与困顿。他对那位女子的爱意如野草般疯长，发誓宁愿舍弃生命，也不愿放弃对她的爱意。他惊觉爱情之火虽然能让一切都化作灰烬，却也能让他的爱意愈发炽烈，化作一股不可抗拒的力量，吸引着那位佳人来到他身边。但当他满怀期待地张开双臂，却发现一切都发生了变化。随着她的到来，那个曾被遗忘的世界也悄然复苏。天空、森林、溪流，这一切美好都焕发出新的光彩，一切都属于他。她站在他面前，投入他的怀抱。他意识到，自己不仅赢得了一个女人的心，更是找回了整个世界。星辰在他心中重新点亮，幸福地闪耀。在这场爱的旅途中，他既收获了爱情，也找回了自我。然而，遗憾的是，许多人在爱情的迷雾中既迷失了方向，也迷失了自我。

　　我心中满是对夏娃的爱，这份爱意在我的心中与日俱增。有时，我觉得吸引我的并非她本人，而是我心中的某个意向在引领我踏上自我探寻之旅。她的言语仿佛是我潜意识的回响，解答我内心最深处的疑惑。有时，待在她身旁，会有一股难以名状的情欲从我心中悄然升起，驱使我想亲吻她触碰过的每一个物件。渐渐地，肉体的渴望、精神的爱恋、现实与意象交织在一起。我独自一人待在安静的宿舍时，会不由自主地想起她，幻想与她手牵手，唇齿相依的场景。但当真正与她相对，凝视她的脸庞，聆听她的声音时，我又感觉这一切如梦似幻。在这过程中,我逐渐领悟到了如何维系一段永恒的爱。每当我从书中汲取新的知识,都如同夏娃夫人轻吻我的额头,给予我无尽的喜悦与启迪。她轻抚我的头发,冲我微笑,空气中弥漫着甜蜜温馨的氛围,这让我觉得自己的内心得到了升华。我命运中的每一个重要时刻,都有她的身影。她似乎能洞察我所有的想法,而我的想法也会受到她的影响。

接下来的圣诞节,我得和家人共度,这就意味着我将暂时与夏娃分离两周,我原本以为这个假期会非常难熬。然而,事实并非如此,在家里默默地思念,亦不失为一种别样的甜蜜。重返 H 城后,我故意单独待了两天,享受着这段短暂分离带来的独立感与内心的安宁。我还做了一些梦,梦境中,我与夏娃走到了一起:她化身为浩瀚无垠的大海,而我是一条涌入她的怀抱的河流;她又似夜空中的一颗璀璨的星星,而我是另一颗星星,我们相互靠近、相互吸引,最后永远地依偎在一起。

当我再次拜访时,我迫不及待地与她分享了这个充满象征意味的梦境。

"多么美丽的梦啊,那就让这美梦成真吧。"她不动声色地说。

初春时节,我又来到她家,那一天,我终生难忘。我走进客厅，迎面而来的是风信子醉人的芬芳。窗户敞开着，迎接春天的气息。屋内静悄悄的，我轻步上楼，来到德米安的书房前，习惯性地轻敲房门，也不等他回复便推门而入。

屋里很暗，窗帘被紧紧拉拢，通往隔壁小室的门却敞开着，那是德米安的化学实验室，从那里透出一缕亮光。我以为室内没人，便轻轻拉开了一扇窗帘。

不料，德米安正坐在窗边的一把椅子上，身体蜷缩成一团，姿势十分怪异。他双臂无力地垂着，双手放在膝间。他的头部微微向前探出，双眼空洞无神，眼眸中闪烁着微弱的光芒，宛如被薄雾笼罩的镜面。面庞苍白而无血色，表情僵硬而冷漠，仿佛连呼吸都没有。让人不由得联想到古老庙宇前静默的兽首雕像。那一刻，一种莫名的熟悉感猛然涌上心头——我之前见过德米安这番怪异的模样。

昔日的记忆如阴云般笼罩心头，令我毛骨悚然——多年前，我还是个孩子的时候，就见过他这番模样。他的目光空洞无物，双手无力地耷拉着，即便苍蝇从他脸上爬过也不会引起他的任何反应。那一次见他这样应该是六年前了，但他那时的样子就像现在一样老成而永恒，甚至连脸上的细纹也毫无变化。

我吃了一惊，随即悄然无声地离开房间，走下楼梯。我在客厅里遇见了夏娃，她面色苍白，似乎有些疲惫，我从未见过她这样。此时，一片阴影掠过窗边，室内顿时变得阴沉起来。

我焦急地低声询问："我刚刚看到德米安了，他是怎么了？我不知道他是在休息还是在冥想，总之以前也见过他这样。"

"你没有叫醒他吧？"她紧张地追问道。

"没有，他不知道我来。见他这样，我就立刻离开了。夏娃，她到底怎么了？"

她用手背抹了抹额头。

"辛克莱，别担心，一切安好。他只是暂时沉浸在自己的世界里，一会儿就好了。"

虽然外面下起了雨，她还是起身走向了花园。我觉得自己不该跟过去，只得在大厅里来回踱步。闻着风信子浓烈逼人的香气，看着门上那幅雀鹰图，我不安地喘着粗气。房子似乎被笼罩在一片诡异的阴影之中，这一切究竟是怎么回事？发生什么了？

不一会儿，夏娃回来了，雨水顺着她乌黑的发丝缓缓滑落。她略显疲惫地倚在躺椅上，我随即坐在她身旁，轻轻侧过身，用唇轻触那些沾在她头上的雨珠。咸咸的，味道像泪水。但是她的眼睛明亮而清澈，不像是哭过的样子。

"要不要去看看他？"我小声询问道。

她淡淡地笑了下。

"辛克莱，别再孩子气了！请你先回去，过会儿再来吧，我现在没法和你说话。"她说话的声音明显高了一度，似乎想尝试着让自己重新振作起来。

我离开他们家，穿过城市，朝远处的高山走去。细雨绵绵，乌云低沉，让人感觉十分压抑、恐惧。四周的空气沉闷得几乎凝固，令人窒息。天上云层翻涌，一场暴风雨已经临近。偶尔会有几缕阳光奋力穿透铅色的乌云，绽放出璀璨光辉。

此时，天边飘来一朵金黄色的纤云，与灰色的乌云碰撞到了一起。转瞬之间，狂风搅动着云团，在天上绘就了一幅巨鸟振翅高飞的壮丽图景。这只巨鸟穿透迷雾，向着无垠的蓝天翱翔而去。紧接着，狂风大作，雨点混杂着冰雹砸向大地。一声震耳欲聋的惊雷猛然炸响，雨水洒满整个大地。风暴过后，阳光再次穿透云层，照耀着不远处的山峦，使得山顶的皑皑积雪和山脚棕褐色的树林都清晰可见。

我浑身湿透，疲惫不堪。几个小时后，我回到了德米安的家，德米安开门迎接了我。

他带我上楼到他的房间，实验室里点着一盏煤气灯，四周散落着各式各样的纸张，显然他才忙完。

"坐吧，你肯定累坏了。今天这天气，真是糟糕透顶，一看你就是在外面淋了雨。茶很快就好。"他说。

"除了这突如其来的暴风雨，"我犹豫片刻后说道，"今天的怪事真不少。"

德米安好奇地看着我。

"什么怪事？"

"我看到了一幅由云层组成的画，虽然只有一瞬，但是很清晰。"

"是什么画？"

"一只鸟。"

"是你常常梦见的那只雀鹰吗？"

"是的，是一只巨大的金色的雀鹰，它冲破乌云，飞向了蓝色的天幕。"

德米安长叹了口气。

恰在此时，门外响起敲门声，一位年迈的女佣端着茶走了进来。

"来，辛克莱，喝杯茶暖暖身子。"他边说边转向我，"你遇见那只鸟，我想，这应该不是巧合吧？"

"巧合？才没有那么巧的事。"

"是的，你知道它预示着什么吗？"

"不知道，我只是觉得很震撼，感觉我们离命运更近了一步，这与我们都息息相关。"

他激动得来回走动着。

"离命运更近了一步！"他喊道，"我母亲也有这样的预感，我昨晚做梦时也预感到了这一点。我梦见自己顺着梯子爬到了树上，或者某个塔楼。我站在顶端，下面一片熊熊烈火，所有的城镇、村庄都处在一片火海之中。我就记得这么多，对于一些具体的细节，我现在也没想起来。"

"你觉得这个梦境指涉你？"我问。

"指涉我？当然，我们的梦境都与自己密切相关。但你说得对，它不仅仅关乎我自己。我的梦分为两种：一种反映的是我内心的活动，另一种则关乎人类的命运。我很少会做第二种梦，并且也没有做过能够预知未来的梦。因为这类梦境本就天马行空，很难准确地解释梦中的意象预示着什么。但我清楚，我的这个梦不光和我自己有关。这个梦和我以前的梦相关，也是我以前梦境的延续。辛克莱，我以前做过一连串的梦，这些梦境让我预感到，我们的世界正逐渐走向衰败，这些我之前也都跟你说过。但这并不意味着它将瞬间崩塌。多年来，这类梦境反复出现，让我或多或少地感受到旧的世界摇摇欲坠。起初，这种感受并不十分明显，但随着时间的推移，它变得越来越强烈、越来越具体。我预感到，我们的世界将会发生巨变，而我也会被牵涉其中。辛克莱，我们之前谈论过的种种预兆，都即将成为现实！这个世界即将迎来变革，空气中弥漫着毁灭的气息。但请记住，毁灭往往孕育着新生，而这一切的变革，或许比我所能想象的更加惊心动魄。"

我吃惊地看着他，试探性地问："这个梦的细节可以和我讲讲吗？"

"不行。"他摇摇头。

门开了，夏娃走了进来。

"孩子们，你们在这儿啊！你们没事吧？"她容光焕发，脸上没有一丝倦容。德米安冲她笑了笑。她走向我们，就像母亲照顾受惊的孩子一般。

"我们没事，只是在试图解释一些梦境中的意象。不过也没什么，该来的总会来，那时候，我们就会知道自己想要的答案是什么了。"

我的心情很糟糕。与他们道别后，我独自穿过客厅时，风信子的味道已经掺杂了一种腐烂的气息，弥漫在空气中。我们仿佛被笼罩在了一片阴影之中。

第八章

结束与新生

我说服了父母，夏季学期也留在 H 城。我们很少待在屋里，更多的时候，我们喜欢聚在河畔的小花园里。顺便提一句，那位日本男士离开了这里，他在拳击比赛中输给了德米安。不久，那位托尔斯泰的追随者也走了。德米安则添置了一匹骏马，终日策马扬鞭，家里便只剩我和夏娃夫人了。

这种宁静的生活让我沉醉不已。长久以来，我在孤独、挣扎和痛苦中生活。但在 H 城的这段日子，我却如同置身于一个梦幻般的小岛，每一刻都沉浸在舒适与美好之中，这让我愉悦不已。我深信，这正是我们心中所憧憬的理想社区生活的雏形。然而，我总会感到一股莫名的忧郁，因为我知道，美好的时光总会逝去。我无法沉迷于这种圆满而安逸的生活之中，因为困苦与挑战才是我成长的必经之路。终有一日，我将从这梦幻般的生活中醒来，再次踏上孤独的征途，独自奋斗，直面这个冷酷、喧嚣、自私的世界。

于是，我更加深情地依偎在夏娃夫人身旁，为生命中还有这样宁静、美好的时刻而感激不已。

夏日的时光匆匆流逝，秋季学期很快临近。面对即将到来的离别，我选择了逃避，压根儿就不敢想这事，宁愿自己化作一只蝴蝶，沉醉在这绚烂的花园之中。在这里，我感受到了心灵的愉悦，体会到了融入集体的快乐，也让我第一次体验到了人生价值得以实现的满足感。未来的路又通向何方？或许，我将再次踏上征途，内心充满渴望与煎熬，孤独地追寻梦想。

一天，这种离别的预感格外强烈，我对夏娃的感情瞬时沸腾起来。天啊，不久后，我就再也见不到她了，再也听不到她那稳健而悦耳的脚步声，再也收不到她送我的鲜花了！这段时间，我又做了些什么呢？不过是沉溺于一场虚幻的美梦之中，既未能赢得她的芳心，也未曾为守护她而奋力一搏，让她留在我身边！她曾无数次阐述爱的真谛，那些话有的像是温柔的告诫，有的又轻佻诱人，有的则像是一种坚定的承诺，而我，又做出了何种回应？没有，什么都没有！

我站在房间中央，满脑子想的都是夏娃夫人。我渴望凝聚我内心的全部力量，向她传递我的爱意，希望她能感应到，并来到我身边。我坚信，她会应约而来，与我深情相拥，而我也会贪婪地亲吻她那丰腴、热烈的双唇。

我站在原地，调动了全身的力量，直到力量用尽、四肢冰凉。我感觉什么东西在我体内紧紧凝结在一起，发出明亮而清幽的光，像是一个水晶。一瞬间，整个胸腔都透着一股寒意，我知道，那是自我意识的觉醒。

好不容易从紧张的情绪挣脱出来，我预感到有什么事情发生了。我疲惫不堪，但还是热切地希望能够看到夏娃神采飞扬地走到我跟前。

沿街传来一阵马蹄声，越来越近，突然在我们住所附近停了下来。我跑到窗户边，看到德米安从马背上跳下来，我也跑下楼去。

"德米安，你母亲没出什么事吧？"

他似乎没听见我说话，脸色看起来一片煞白，汗水顺着额头流到脸颊。他一旁的马也热得一直喘气。德米安将它拴在花园栅栏上，拉着我的手沿着街一直走下去。

"你是听到了什么消息吗？"

我什么消息也没听到。

德米安紧抓着我的手臂，转过脸来，眼中满是阴郁与遗憾的神色。

"是的,朋友,开始了。你知道我们与俄国关系紧张……"

"啊?开战了吗?我还一直不敢相信。"

即便四下无人,他仍压低嗓音,语气凝重地说:"尚未正式宣战,但战争的阴影已悄然蔓延,请相信我。自从上次和你分享我的梦境后,我又梦到了三次奇怪的意象,他们预示的并非末日降临,亦非地震或革命,而是战争的临近!辛克莱,我一直没告诉你,是不想你为此忧虑,但这场战争的影响将无处不在,它离我们不远了。民众的情绪已被战火点燃,他们甚至迫不及待地想参与其中,只因生活太过沉闷无趣。但是,这一切只是开始。这场战争,或许规模空前,但它也仅仅是新的世界秩序的序幕。新的世界将应运而生,这会让传统守旧者战栗不已。那么,你有何打算呢?"

他说的这一切,对我来说既遥远又陌生,我不知如何回答。

"不知道,你呢?"

他耸了耸肩。

"一旦动员起来,我会应召入伍,我可是一名少尉。"

"你是少尉?我都没听你说过!"

"你当然不知道,这是我顺应这个世界的一种方式。你知道的,我不太喜欢引人注目,但是为了符合社会的期待,我还是选择这么做了。下周，我应该就会上前线了……"

"天哪！"

"朋友，不要为我伤感，将炮火对准活生生的人可不是什么有趣的事，但这就是战争，咱们都会被牵涉其中，你也不例外。"

"德米安，那你母亲呢？"

几分钟前，我的思绪还沉浸在对她的怀念之中。我倾尽全力，试图在心中勾勒出最甜蜜的画面，但是世事难料啊！命运即刻换上了一副骇人、狰狞的面具向我们走来。

"我母亲？你不必为她担心，她比任何人都安全。——你是不是很爱她？"

"德米安，你看出来了？"

他爽朗地笑着。

"嘿，朋友！我怎么会不知道呢？凡是称她为夏娃的人，无一不深深地爱着她。话说回来，刚才发生了什么？你是否在心里呼唤过她？还是在呼唤我的名字？"

"我刚刚呼唤的是夏娃。"

"她感觉到了。所以我刚刚告诉她战事的时候，她让我来见你一面。"

我们转身往回走，没再说什么。他解开马的缰绳，骑了上去。

上楼踏入房间的那一刻,我突然感觉很疲惫。显然,这是因为德米安带来的消息让我十分紧张,也是因为我刚刚呼唤夏娃时太过投入。令人欣喜的是,夏娃竟然听到了我的呼唤!我们通过意念便搭建起了沟通的桥梁。若非某些缘故,她应该会亲自前来,这一切本该有多么奇妙,多么美好啊。但眼下,战事临近,我们之前预言的一切即将成为现实。德米安对此早有预见,真是令人惊叹。世界的洪流不是与我们擦肩而过,而是直击我们心灵深处,一场场激荡人心的冒险与未知的命运正在召唤着我们。很快,我们的世界将发生剧变,这需要我们为之奋斗。德米安说得没错,我们不应为即将到来的挑战而感伤。更令我感到新奇与振奋的是,我将与世界上千千万万的人一道,一起面对命运的挑战。这样也好!

我已经做好准备了。我晚上经过城区时,发现每个角落都躁动不安。大街小巷都回荡着一个词,那就是"战争"!

我再度造访了夏娃夫人的居所,并作为唯一的客人,与她在凉亭中共享晚餐。席间,我们都对当前的战局只字不提。临别之际,夏娃夫人说道:"亲爱的辛克莱,今日我感受到了你的呼唤,我想你应该知道我为何没有去找你。你现在已经知道如何呼唤同伴了,如果以后有需要,你就可以这样召唤和你一样带有印记的朋友。"

说完，她站起身来，披着渐浓的暮色，缓缓步入花园。高大威严的树木，神秘又安静地矗立在道路两旁。我顺着她的背影望去，看见夜空繁星点点，安静祥和。

故事也渐近尾声了。局势急转直下，战争开始了。出发时，德米安身着一身银灰外套，看起来十分陌生。我将夏娃夫人送回家，随后，我也向她告别。她吻了吻我的双唇，将我紧紧抱在怀里，用她那双炽热的大眼睛深深地凝望着我。

众人齐心协力，心怀祖国与荣耀，奔赴战场，命运的轨迹已在他们面前悄然浮现。青年战士们步出军营，踏上驶向远方的列车，我看见他们很多人脸上也有独特的印记，那印记与我们身上的截然不同，是一种美丽而庄严的印记，代表着爱与死亡。许多素未谋面的人也与我热情地拥抱，我十分理解他们的感受，也会回抱他们。他们这么做，完全出自他们内心的冲动，这种冲动是短暂的，也是神圣的，是对命运的一种蔑视。

我上战场的时候，已经快到冬天了。

起初，枪战场景让我觉得很刺激，但很快我开始对一切都感到失望。此前，我还常常疑惑不解，为何鲜有人愿意为了理想而活。现在我却发现，许多人前赴后继地愿意为理想去死，我深受震撼。然而这理想不是个人的、自由的、选择的理想，而是集体性的、被承认的理想。

随着时间的推移，我意识到自己低估了人的力量。虽然兵役和战争剥夺了人们的个性，但我目睹了众多生者与逝者，他们不屈不挠地遵循着命运的轨迹前行。许多人虽然没有什么人生目标，却全身心地投入到这场战争之中，眼神决绝而坚定，并且甘愿献身。不论他们的信仰是什么，他们都已整装待发，都是未来的构建者。当整个世界都陷入战争的泥潭，追逐英雄主义的荣耀，人性就会被忽视。但这只是表象，在更深的层面，人性的新篇章正悄然开启。我之所以了解，是因为我结识了这样一群人，他们深刻地领悟到仇恨、愤怒、杀戮与毁灭并非战斗的本质。人性中最原始、最狂野的力量，并不是由敌人激发出来的，而是来自内心的渴望，这种强烈的渴望会使人发狂，开始肆意屠杀，随时迎接死亡，最后走向新生。就像鸟儿出壳一样，只有将那象征着世界的蛋壳击碎，方能迎来新生。

初春的一个深夜，我在我方占领的农场前站岗。一阵微风吹过，一簇簇云团在弗兰德的上空缓缓飘过，月亮在云层中若隐若现。那天，我有些心神不宁，内心焦虑不安。站在昏暗的哨岗上，昔日的时光在我脑海里一一闪过，我想到了夏娃和德米安。我靠着一株杨树站着，看着夜空中涌动的云层，其原本只是缓缓地流动，后来迅速地翻滚着，不断地变换着形态。我感觉十分虚弱，感官也迟钝起来，但内心十分清醒。我知道，我的人生向导就在附近了。

在云层之中，我看见了一座城市的宏伟轮廓，数百万人从城市蜂拥而出，奔向乡村的旷野。在人群中，有一位女神，她的身形像山岳，星辰在她的发间熠熠生辉，容貌与夏娃夫人颇为相似。周围的人被她所吞噬，就像是被吸入了一个深邃的旋涡。这位女神此刻蜷缩在地上，额头上的印记闪烁着耀眼的光芒。她双眼紧闭，面颊痛苦地抽搐着，似乎正做着噩梦。突然间，她尖声大叫，无数的星星从她的眉间和发梢迸发出来，在夜空中画出一道道美丽的弧线。

有一颗星星呼啸着俯冲而来，不偏不倚，刚好砸在我身边。瞬时，它猛然炸裂开来，发出震耳欲聋的轰鸣声，溅起无数火花，将我掀翻在地。那一刻，世界仿佛在我眼前分崩离析。

后来，人们在杨树边发现了我，浑身沾满泥土、伤痕累累的我。

我躺在地堡之中，依稀听见了地面枪炮沉闷的轰鸣声。随后，他们把我转到一辆货车上，车辆在旷野上颠簸前行。大多数时候，我都在昏睡。然而，睡得越沉，我便越强烈地感受到有一股强大的力量在召唤着我。

昏迷中，我感觉有人在我的手上踩了一脚。醒来时，我发现自己躺在马厩内的稻草堆上，四周一片漆黑。但内心那股强大的力量一直在召唤着我,而且这股力量越来越强大。他们又把我放到货车上,后来又用担架把我抬到其他地方。我越来越强烈地感受到了那种召唤的力量,并一心只想去到那里。

终于,我到了。虽然外面夜色沉沉,我却十分清醒,那股力量还是一直牵引着我。现在我躺在房间的地板上,隐隐约约感觉到召唤我的那股力量就在这附近。我环顾一周,发现身边的床褥上还躺着一个人。他凑过身来看着我,额头上还有一个明显的印记。啊,原来是马克斯·德米安。

因为受伤的缘故,我没法说话。他也一直沉默着,不知是不能说,还是不愿说,只是默默地看着我。灯影照在他的脸上,我看到了他的笑容。

他久久地凝视着我,接着,他把脸凑过来,我们的脸几乎都贴在了一起。

"辛克莱!"他小声说。

我冲他使了个眼神,表示我听到了。

他苦笑了一下。

"小伙子!"他笑着说道。

他的嘴巴都快贴到我的脸了。他随后轻声说道:"你还记得弗兰茨·克罗莫吗?"

我朝他眨了眨眼睛,露出微笑。

"辛克莱，请听我说！我得走了。未来，或许你还会需要我的帮助，来对付克罗莫或者其他的困难。下次你呼唤我的时候，我再也没法立即赶到你身边了。你要学会倾听内心的声音，因为这样你就会发现，我其实一直在你的心中。你明白了吗？对了，还有！夏娃夫人曾嘱咐我，如果你遇到了危险，就让我代她亲吻你一下，她先吻了我，现在我把她的吻传递给你……闭上眼睛吧，辛克莱！"

我顺从地闭上眼，感受到他的轻轻一吻，他嘴角的血粘在我的嘴唇上，那淡淡的血腥味久久挥之不去。随后，我又陷入了梦乡。

第二天早晨醒来，军医告知我伤口需要包扎一下。我完全清醒后，侧身看向身旁的床褥，发现上面躺着的是一个陌生人。

伤处传来的阵阵痛楚，一如我苦闷的生活，让我身心俱疲。然而，当我找到那把开启心扉之锁的钥匙，深入自己的内心，在那面幽暗的镜子中窥探命运织就的画卷时，我只需稍稍靠近，便能清晰地看到自己的面容。那面容，竟和他一模一样——德米安，我的挚友，我灵魂的导师。

译后记

能够将赫尔曼·黑塞的《德米安》介绍给广大读者，是我莫大的荣幸。德国文学巨匠托马斯·曼曾对他做出了这样的评价：对我来说，黑塞的一生，有着浓厚的德国浪漫主义色彩，同时极具个人主义特色。他任性而神秘，是我们这个时代追求最高尚、最纯粹的精神境界的典范。这句话准确地描述了黑塞的成就，他的作品不仅感染了一战后的欧洲年轻一代，同时对20世纪60年代中后期的反文化运动产生了深远的影响。如今，这部文学史上的经典之作跨越百年时空，漂洋过海而来，引领每一位读者，共同踏上一段追寻自我的精神之旅。

故事的主人公，少年辛克莱，生活在一个"光明的世界"里。这里，父慈母爱，家庭和睦，滋养着他无忧无虑的童年。然而，随着年岁的增长，辛克莱逐渐意识到，在这个"光明的世界"之外，一个充满喧嚣、暴力与邪恶的"黑暗的世界"正悄然向他逼近。这两个世界交织碰撞，让他陷入了自我怀疑的泥沼。这时，一个名叫马克斯·德米安的少年出现，引导辛克莱开始了一场孤独而艰难的自我寻找之旅。此后，辛克莱逐渐学会了面对内心的恐惧与欲望，学会了在复杂多变的世界中保持自我，更学会了倾听自己内心的声音，遵从于那份最真实、最纯粹的自我。

《德米安》讲述了一个少年在挫折中成长的故事，同时，也是作者步入不惑之年之后思想演变的心路历程。黑塞创作《德米安》的那段时间，恰恰也是他努力摆脱婚姻和家庭的束缚，努力寻求精神自由的时期。1916年，黑塞的父亲去世，儿子病重，妻子玛丽亚·伯努利的精神疾病日益严重。生活中的种种压力，让黑塞的心情日渐阴郁。他住进了卢塞恩的一家疗养院。在给老朋友海伦·韦尔蒂的一封信中，他描述了自己当时的精神状态：我正在经历一场健康危机，身体虽然也有不适，但主要是我内心严重失调，这种情况已经持续多年了。但现在，无论如何，我的问题都必须得到解决，否则继续活下去就毫无意义。

在疗养院，他接受了荣格派心理分析师朗格博士的治疗。正是这段经历，给黑塞提供了创作灵感。从某种角度上来说，朗格博士就是德米安的化身，他理性、聪慧、成熟，并且和德米安一样，有着能够洞悉别人想法的"读心术"。小说中，德米安给辛克莱进行梦境分析的场景，实际上就是朗格博士为黑塞进行精神治疗的情景的再现。在黑塞的潜意识中，朗格博士就是德米安，带他走出心灵的桎梏，寻求精神的解脱。

  在人生的旅途中，每个人都会遇到自己的"德米安"，遇到那个引领我们走出迷雾、找到方向的精神导师。但真正的成长，需要依靠我们自己，需要我们在不断地探索中逐渐认清自己、理解世界，最终活出那个最真实的自我。

  翻译的整个过程中，我仿佛跨越时空，与黑塞进行了一场漫长而深刻的精神交流，经历了一场心灵的洗礼。这部小说不仅让我对成长有了更深刻的理解，也让我对人性、自我认同、精神自由等议题有了更多的思考。黑塞以其独特的笔触和深邃的洞察力，为我们呈现了一个既真实又梦幻的成长故事。在这个故事中，我们看到了人性的光辉与丑陋，感受到了成长的痛苦与喜悦，更体会到了何为精神独立与自由。我相信，这部小说将会成为我人生旅途中的一盏不灭的灯塔，指引着我不断前行，更深入地探索广袤而深邃的精神世界。

李响林

2024年仲夏于桂林